J.B. TURC

Rêve
ou
Réalité

MOT DE L'AUTEUR

L'histoire qui suit peut ne pas plaire à tout le monde. Mais peut-être vous donnera-t-elle le goût de l'aventure et j'espère que vous prendrez du plaisir à lire ces lignes.

*_*_*_*

PRESENTATION DES PERSONNAGES

Magalie Reynolds : Belle fille, joyeuse, amie de longue date de JB. Son seul défaut : A peur des serpents et des araignées !

Jean Benoit JACKSON : Personnage aventurier, genre Indiana Jones en plus moderne, surnommé JB.

Benji : C'est un labrador de taille moyenne avec un pelage doux et soyeux.

Grabouille : Est la salissure des eaux ou un tas de boue en forme de crapaud.

Petit Michael : Je peux dire qu'il est solitaire, de petite taille et qu'il fume la pipe.

Gladys Phips : Patronne de l'auberge du village de San Lorenzo.

Susan Dunlop: Suppléante de Mme Phips.

Madigan Jimmy : C'est un habitant généreux et accueillant à San Lorenzo.

Badger Philippe : Vieux pêcheur de taille moyenne, blond, les yeux foncés, de type européen.

Alexandro Westwood : Maire d'un village. Il a un caractère assez dur, de plus il a un passé lourd et inquiétant.

Alexandre Westwood : Un type mystérieux et ouvert à toutes les discussions possibles et inimaginables. C'est le frère d'Alexandro.

Arthur Johnson : Il gère le bar Los Amigos à San Lorenzo.

Le Garde : c'est un homme gras, rouge comme une pivoine avec un uniforme crasseux et répugnant.

Les trois Frères Thomas : Ce sont de braves pêcheurs.

1

INTRODUCTION

*_*_*_*

Je me présente : Jean benoît Jackson, JB pour les intimes. Je suis un aventurier parcourant le monde à la recherche des civilisations disparues et de leurs trésors. Je ne suis pas un pilleur de tombes. Toutes les reliques que je rapporte de mes voyages appartiennent à des collectionneurs amateurs, ou bien je les ai achetées dans des brocantes. La plupart des marchands ne savent pas la valeur exacte de leurs articles... Bien souvent je tombe sur des copies, mais il m'arrive aussi de trouver la perle rare. Par exemple, je viens juste de rentrer du Pérou d'où j'ai rapporté plusieurs objets appartenant à la civilisation Inca, et notamment une superbe statuette ornée de pierres précieuses, datant du XIIe ou du XIVe siècle, qui représente un dieu. Je dois l'étudier en détail pour déterminer lequel, mais malheureusement je repars demain pour une autre destination et je dois me résigner à remettre à plus tard mes investigations. Je l'ai donc rangée provisoirement près de ses congénères, sur l'étagère en merisier au-dessus de mon bureau.

Au moment même où je la posai, j'entendis la sonnette de la porte d'entrée. Qui pouvait me rendre visite à cette heure de la nuit ? Tout en m'interrogeant je me dirigeai vers l'entrée pour ouvrir à mon visiteur. J'eus la surprise de trouver derrière la porte Magalie, une amie de longue date. J'étais tellement préoccupé par mon départ imminent que j'avais complètement oublié sa venue.

   – *Salut Magalie !*

   – *Bien le bonsoir JB. Tu n'as pas oublié que je pars avec toi demain ?*

Je pris un air qui ne laissa pas apparaître la moindre surprise et je lui répondis sur un ton bien assuré :

   – *Ne t'inquiète pas ! Tu as apporté tes affaires ?*

   – *Oui ! oui ! J'ai tout préparé. Et Benji, comment va-t-il ?*

—   *Il va très bien, tu peux en juger par toi-même.*

À peine Magalie eut-elle prononcé son nom qu'il arriva à toute vitesse et posa les pattes de devant sur ses épaules pour lui donner un grand coup de langue sur la joue. Après ces retrouvailles, elle me demanda si je comptais la laisser sur le pas de la porte. Bien entendu je me suis de tout suite excusé et elle put entrer.

Elle se dirigea directement vers la chambre d'amis pour poser ses affaires de voyage et accrocha son manteau dans le placard. Il faut dire que ce n'est pas la première fois que Magalie m'accompagne dans mes voyages et c'est pour cela qu'elle se permet de s'installer comme elle le fait. En quelque sorte c'est une habituée de la maison.

Quelques instants plus tard elle me rejoignit au salon.

—   *Je suis contente que tu aies accepté que je t'accompagne pour ce nouveau voyage.*

— *Tu sais que cela ne m'est pas toujours facile de t'emmener, mais j'ai pu les convaincre une nouvelle fois. Je leur ai dit que tu me serais d'un grand secours pour cette nouvelle aventure. Je leur ai précisé aussi que depuis la dernière fois que tu m'avais accompagnée, tu avais réussi un concours pour rentrer au musée d'histoire en tant que conservatrice dans la section archéologie.*

— *Tu veux sûrement parler des personnes qui financent tes voyages ?*

— *Bien entendu !*

— *Tu les connais ces individus ?*

— *Je ne les ai jamais vus car quand ils me contactent, ils le font par téléphone. Ils s'arrangent toujours pour déguiser leurs voix pour ne pas que je les reconnaisse.*

— *Si j'ai bien compris ce sont des commanditaires anonymes.*

— *En quelque sorte oui.*

- *On reparlera de tout ça demain matin, je vais me coucher.*
- *Écoute, tu sais ce que nous allons faire ?*
- *Heu… non !*
- *Je viens d'avoir une idée, je te propose que nous prenions trois ou quatre jours de congé.*
- *Je suis partante, mais s'ils apprennent notre petite pause de quelques jours ?*
- *De toute façon nous partons comme convenu et c'est une fois sur place que nous visiterons les environs.*
- *Bien ! dit JB*

Malgré l'heure tardive, j'aurais bien voulu continuer à discuter avec Magalie, mais la sagesse l'emporta car nous devions nous lever très tôt. Pour confirmer que nous ferions mieux d'aller nous reposer on émit un bâillement à nous décrocher la mâchoire. Après ce fascinant bâillement, on se dirigea vers nos chambres respectives. On se dit bonsoir et l'on se donna rendez-vous à six heures le lendemain.

*____*____*____*____*____*

2

UN DROLE DE REVEIL

Quelques petits rayons de soleil passaient à travers les vitres de ma chambre, zébrant les murs d'une lumière naturelle. J'adore me réveiller dans cette ambiance qui me réchauffe le corps, ça me rappelle un de mes films préférés... Je remuais toutes ces pensées dans ma tête quand soudain une main me tapota l'épaule.

– Pstt... il faut te lever JB, c'est l'heure.

Je marmonnai quelque chose entre mes dents, tout en me roulant sur le ventre, puis je replongeai la tête la première dans mes oreillers.

– Il est trop tôt !
– Hé, tu n'as pas entendu ? Il faut se lever maintenant ! Insista le réveil matin d'un ton moins amical. Pas la peine de faire semblant de dormir !
– Ho ! Ça va.

Penaud, je me redressai au bord de mon lit. La lumière du soleil s'intensifia. Je frottai mes yeux gonflés par le sommeil. Puis après avoir jeté un coup d'œil par la fenêtre, je me décidai à me lever et à enfiler péniblement mes pantoufles, une à une. Ensuite je passai le pas de ma porte et je faillis trébucher sur mon chien ! Je me laissai traîner par mes foutues pantoufles jusqu'à la cuisine tout en ébouriffant mes cheveux.

- Belle journée, n'est-ce pas ? Me lança la porte de la cuisine, en s'ouvrant largement.

- Salut, quelle joie de te voir ! Reprirent en chœur les différents ustensiles de la pièce.

- Bonjour à tous ! Tu sais Magalie, ce mode de vie me plait bien. Imagine ton appartement parfaitement ordonné, par un aspirateur, ou par d'autres balais automatiques s'acharnant à tout faire briller du sol au plafond tout en chantant.

Evidemment je pourrais faire ces objets pour les personnes âgées. Leur vie serait animée en continuité et cela leur permettrait de discuter avec ces objets comme s'ils avaient une personne en permanence, bien sûr cela ne remplaçait pas une présence humaine... Parfois je regrette quand même les bons vieux objets silencieux avec un bouton ON/OFF. On ne les trouve plus que sur les rayonnages poussiéreux des antiquaires : des réveils à ressort qui se contentaient de sonner en frappant une petite cloche de métal, des portes qui se limitaient à la fermer, des pantoufles inertes et sans danger... Bref, de simples objets morts qui ne singeaient pas artificiellement notre vie...

Je fus interrompu dans mes explications :

— *Et voilà du bon café de Colombie ça va vous revigorer ! annonça la cafetière tout* en versant le breuvage dans nos deux tasses qui prenaient un petit air de joie.

– Hum, chaque matin je crois prendre de la potion magique. Merci !

Comme je ne lui demandai pas une nouvelle tasse, la cafetière relâcha poussivement un jet de vapeur.

– Pour qui la bonne omelette ? Questionna l'assiette.
– Pour toi JB ! Répondirent en chœur la fourchette et le couteau en se rangeant près de l'assiette.
– Et vous miss, que désirez-vous ? Interrogea la poêle.
– Je ne prendrai que les toasts merci !

Puis tout d'un coup j'eus la sensation de manquer d'air… C'était tout simplement la serviette de table qui avait bondi autour de mon cou ! Je grimaçai un ou deux mots :

– *Si ça continue, elle finira un jour par m'étrangler !*

– *C'est l'œuvre de mon imagination ou c'est réel ? interrogea Magalie.*

– *Je peux te certifier que tu ne rêves pas, je suis le créateur de cette petite merveille.*

– *Je suis impressionnée, mais comment as-tu fait ?*

– *La vérité c'est que je suis tombé par hasard sur un site qui fournissait des plans de construction. Alors j'ai imprimé toutes les pages. Puis je me suis rendu dans un magasin d'électronique pour acheter tout le matériel et voici le résultat.*

Tout en parlant je nous préparai une belle tranche de pain de mie avec une couche de margarine salée et de marmelade. Pendant ce temps le transistor s'alluma et nous dit :

–   *Voici les nouvelles du jour et tout d'abord, la météo....*

Une fois que le météorologue eut achevé ses pronostics, je coupai la radio, puis je mordis dans ma tartine. Mais la télé prit le relais.

–   *Il est six heures, vous devez être en plein petit-déjeuner et je vous souhaite une bonne journée ! commença le présentateur avec un splendide sourire, puis il débita les infos du matin.*

C'est ridicule et inutile de s'énerver contre mes ustensiles de cuisine, je le sais, mais je n'en pouvais plus. Ce matin, les objets me rendaient hystérique. Je me mis à hurler :

–   *Foutez-nous la paix !*

– *Ha, laissons-les manger tranquille. Vous savez qu'ils aiment bien déjeuner en paix ! dit le toaster.*

– *Reste cool, ça ne vaut pas la peine de t'énerver, intervint Magalie.*

– *Excuse-moi ! j'ai pas mal de soucis en tête.*

– *Ça sonne ! dit le vidéophone au même instant.*

Comme il n'obtint aucune réponse de ma part, il se mit à crier :

– *Ça sonne !*

– *Ouais ! J'entends !*

– *Tu prends ou j'enregistre sur le répondeur ?*

– *Qui c'est ?*

– *Une femme plutôt jeune.*

– *Bon, passe-la-moi.*

Un visage apparut sur l'écran. Le combiné émit un sifflement admiratif.

> – *Monsieur Jackson ?*
> – *Lui-même, c'est à quel sujet ?*
> – *Je suis Johanna Harton. C'est pour un sondage.*
> – *Quel genre de sondage ?*
> – *Nous faisons une étude sur les objets qui parlent.*

Le vidéophone se marre et zoome lentement sur la fille qui demanda :

> – *Puis-je entrer ?*

Je me grattai le menton. Je regrettai d'être aussi mal rasé. Mais la veille j'avais dû réduire en bouillie mon rasoir électrique qui avait voulu me sauter dessus pour me raser au beau milieu du déjeuner.

– C'est bon, entrez !

Trois minutes plus tard la porte s'ouvrait en grand pour laisser entrer la jeune femme. Je tendis ma main pour lui dire bonjour et je ne sais pas pourquoi ni comment, mais je me retrouvai avec un gros calibre sous la narine gauche.

– Si je vois un poil qui bouge, je te pète au nez ! lança le revolver avec un accent de voyou.

Ces paroles firent rire la demoiselle.

– Excusez-le, Mr Jackson : il a cru que vous alliez m'attaquer.
– Je suis content qu'il n'ait pas mis sa menace à exécution.

A peine arrivée son portable se mit à sonner. Elle repartit précipitamment en nous laissant son questionnaire sur la table, marmonnant qu'elle était désolée mais qu'elle devait rentrer d'urgence à son bureau. Nous étions médusés... 5 minutes après son départ, la porte d'entrée vola en mille morceaux et plusieurs personnes s'engouffrèrent dans la maison, armes au poing... J'avais déjà mal commencé la journée, mais là, c'était le bouquet !

- *De quel droit entrez-vous chez moi, en faisant tout ce tapage ?*
- *Fermez-la ou on vous descend !*
- *Mais... !*

J'avais à peine commencé ma phrase que je reçu une bastos en plein cœur qui me fit pousser un cri de douleur. La souffrance me fit sursauter et me réveilla...

J'étais bien content de ne pas me retrouver six pieds sous terre !!! Je me levai d'un bond et passai dans la salle de bain, ensuite je me dirigeai vers la cuisine, remerciant le ciel pour tous les objets immobiles...

– Il faut nous dépêcher, il est 7 h 00 et nous avons un avion à prendre ! dit Magalie.

En un temps record, on se prépara et nous filâmes à l'aéroport.

Quelques heures plus tard on atterrissait au Mexique. Mon chien était tout content de fouler le plancher des vaches. On avait dû le mettre dans une cage, le règlement obligeant tout animal à voyager dans la soute à bagages pour raison de sécurité. La loi étant ce quelle est, on devait s'y plier. On sortit rapidement de l'aéroport à la recherche d'un taxi qui pourrait nous conduire en espérant qu'il veuille bien de mon chien.

– *Vous souhaitez aller où ?*

– *À l'hôtel " Las Estrellas ", s'il vous plaît.*

– *Bien señor.*

Le taxi roula pendant une vingtaine de minutes puis le chauffeur ralentit et s'arrêta sur le bord du trottoir juste devant l'hôtel. Je payai le conducteur et l'on s'engouffra dans le hall d'entrée nous dirigeant vers le réceptionniste.

– *Bonjour Monsieur. Nous souhaiterions une chambre pour la nuit s'il vous plaît.*

– *Pour combien de personnes ?*

– *Deux personnes, plus un chien.*

– *Je vais vous donner la n°20. Souhaitez-vous prendre le petit-déjeuner ? Vous me réglerez demain avant de quitter notre établissement.*

– *Nous vous remercions, et nous sommes d'accord pour le petit-déjeuner*

– Bien ! Je vous souhaite la bienvenue dans notre palace.

Je ramassai la clef sur la banque en remerciant le réceptionniste, et nous prîmes l'ascenseur jusqu'au deuxième. La chambre 20 était vaste et joliment décorée, fenêtres orientées Nord Est. On posa nos sacs à côté de fauteuils, près d'une immense plante verte. Comme nous n'avions rien d'autre à faire pour le moment on s'écroula sur les deux sofas et nous commençâmes à discuter de choses et d'autres jusqu'à sombrer doucement dans les bras de morphée.

--------*----*----*----*

3

RENCONTRE INNATTENDUE

*_*_*_*

Après quelques heures de sommeil réparateur, on se prépara pour notre randonnée. Nous allâmes prendre notre petit-déjeuner dans le grand salon qui se trouvait à l'arrière du bâtiment. On s'installa à l'écart des autres convives qui étaient rassemblés au centre de la pièce. On avait choisi cette table pour sa vue imprenable sur le paysage : un lac entouré d'une forêt aux multiples couleurs et au loin une montagne recouverte de terre rouge. Le décor ressemblait à un tableau réalisé par un peintre de renom.

Pendant que Magalie s'installait avec mon chien, je partis en direction du comptoir où l'on pouvait se servir à volonté : croissants, pains au raisins, beignets aux différents parfums... Par contre pour ce qui concernait les boissons, là nous n'avions pas un choix mirobolant : la seule qui nous était proposée était un cappuccino lyophilisé sans sucre. Pour moi ça me convenait à la perfection ; mais quand je dis à Magalie que je n'avais que ça à lui proposer, elle fit une de ces têtes ! Je la comprenais, ce n'est pas agréab'*e* de boire quelque chose à contre- cœur. Pour compenser sa rage intérieure, elle se vengea sur les petits pains et en dévora quatre en l'espace de vingt minutes ! Quant à moi je me suis contenté de deux croissants. Mais la dernière part, ce ne fut pas l'un de nous deux qui la mangea...

" Si vous avez trouvé c'est que vous suivez bien mon histoire, pour les autres je vais leur donner un petit indice : la forme que vous devez trouver a quatre pattes ; Vous avez trouvé ? Bien revenons à mon récit. "

Le petit-déjeuner achevé, on resta un peu à notre table à écouter les autres convives, qui débattaient du temps qu'il allait faire ces prochains jours. D'après leurs dires, nous devrions avoir du beau temps à partir du mercredi, par contre pour demain temps nuageux et pluvieux.
Peu à peu les personnes quittèrent la salle du restaurant pour aller où bon leur semblait. Un

moment plus tard on se retrouva seuls dans la pièce et je proposai à Magalie de faire comme tout le monde.

On croisa une ou deux personnes dans le couloir que nous saluâmes au passage tout en nous dépêchant de retourner dans notre chambre pour rassembler nos affaires et faire nos lits. Même si cette tache n'était pas obligatoire c'était plus correct vis-à-vis des femmes de chambre.

Il ne nous restait plus qu'à redescendre pour régler.

La note payée, nous nous sommes retrouvés dans la rue vers onze heures. La voie principale était libre, aucun véhicule le long des trottoirs. Arrivés sur la place du village, nous avons pris différentes ruelles. À travers un dédale de rues, nous nous sommes finalement retrouvés à la sortie de la ville et nous avons choisi un chemin qui allait nous conduire... je ne sais où !

Bien une heure plus tard nous marchions tout en ramassant des fruits des bois et des champignons *pour le repas de midi. Nous sommes arrivés dans un petit champ et nous avons décidé d'établir le campement à l'endroit même où nous étions arrêtés.*

- *Je vais chercher du bois pour allumer un feu.*
- *Pendant que tu vas ramasser des branches, je vais préparer les champignons.*
- *Peux-tu donner à boire à Benji ?*
- *À vos ordres mon capitaine !*

Nous avons éclaté de rire à la plaisanterie de Magalie ! Puis je pris le chemin à la recherche de branchages pour pouvoir nous revigorer avec une bonne flambée et nous restaurer avec des thallophytes bien visqueux. Sur la piste du retour, je rencontrai une personne qui me demanda :

- *Que faites-vous par ci ?*

Je lui répondis :

—   *Nous allons passer le restant de l'après-midi et la nuit dans le terrain qui se trouve un peu plus loin et nous repartirons demain matin.*

Il me répliqua :

—   *Pourquoi me dites-vous "nous" allons camper ?*
—   *Parce que "nous" inclut mon amie, mon chien et moi. Ma réponse vous convient-elle ?*
—   *Oui ! Plutôt que de dormir à la belle étoile, pourquoi ne venez-vous pas dormir chez moi ?*

Je réfléchis un bon moment et je dis :

– *Nous ne sommes pas riches, et cela me gênerait que vous vous priviez pour nous recevoir. De plus qui me dit que vous êtes sincère ? car je ne vous connais même pas. Vous êtes apparu comme un fantôme.*

– *Je peux vous assurer que ma proposition est loyale.*

– *Si, je dis bien si, vos intentions sont honorables, pouvez-vous me dire qui vous êtes ?*

– *Les gens du village me surnomment, l'ombre blanche, mais mon vrai nom est Alexandro. Je suis le maire du village, ma réponse vous satisfait-elle ?*

– *Je vous présente mes excuses monsieur le maire.*

– *Je les accepte.*

– *Je suis touché par votre proposition, mais je ne suis pas tout seul et je ne sais pas si vous avez de la place pour trois ?*

– *De ce côté aucun problème.*

– OK ! Je vais demander à mon amie si elle est d'accord pour passer la nuit dans un endroit sec. Où se trouve votre maison pour qu'on puisse venir vous rejoindre ?

– Je vous attends ici.

– Heu ! Je vous remercie de votre hospitalité. Mais je préfère que vous me montriez le chemin qui conduit à votre demeure car Magalie m'attend pour souper et nous viendrons après.

– Bien, si vous voulez. Alors vous continuerez sur ce sentier en tournant à droite puis à gauche, vous tomberez à l'entrée du village. Vous prendrez la rue principale et vous trouverez une maison avec un toit bleu.

– Je vous remercie, à tout à l'heure !

Sur ce, je retournais auprès de Magalie et de mon chien.

– *C'est mon imagination qui travaille ou c'est bien toi ?*

– *C'est moi, Je suis désolé d'avoir mis autant de temps car j'ai rencontré Alexandro qui est le Maire du village et il nous invite à dormir chez lui. Tu es d'accord ?*

– *Bien sûr ! Tu lui as dit que nous irions après manger ?*

– *Oui !*

Je commençai à faire le feu et nous fîmes cuire les champignons dans le papier d'alu que j'avais soigneusement pris avant de partir. Le dîner fini nous avons rassemblé nos affaires et avons éteint le feu en rajoutant de la terre sur les braises pour éviter un incendie. Puis nous nous sommes remis en route pour la maison de notre hôte. Quand nous arrivâmes devant la porte du propriétaire, nous fûmes surpris de ne pas voir le nom d'Alexandro sur la plaque d'entrée. Pourtant, nous étions bien au bon endroit car nous ne voyions pas d'autres maisons avec un toit bleu. Je décidai de sonner à la porte malgré l'heure tardive. Quelqu'un nous ouvrit et nous demanda :

– *Qu'est ce que vous désirez ?*
– *Pardon de vous déranger si tardivement, mais je me demandai si nous étions bien chez Monsieur Alexandro car nous ne voyons aucune plaque qui pourrait nous renseigner a se sujet.*
– *Oui ! Pourquoi cette question ?*
– *Monsieur Alexandro est-il le Maire du village ?*
– *C'est exact. Mais je préfère dire : était. Il a disparu il y a trois ans, et certains villageois vous diront qu'il est mort d'une crise cardiaque. Et en attendant la fin de l'enquête c'est moi qui ai la garde de sa maison.*
– *Disparu ?!!! enquête ???... L'histoire que je vais vous raconter va donc vous sembler*

un peu farfelue : je l'ai vu tout à l'heure dans le champ qui se trouve un peu plus loin et il nous a invités à passer la nuit dans sa maison !

– *Je vous l'accorde, c'est surprenant, mais peut être l'avez-vous tout simplement vu en rêve.*

– *Ça alors ! Comment expliquez-vous cette apparition ?*

– *Je n'en sais pas plus que vous, mais le pays est surprenant, je vous le répète…*

– *Je trouverai le fin mot de cette intrigue…*

– *Je vous souhaite bien du plaisir jeune homme ! Mais je ne peux pas vous recevoir dans la maison, car je n'ai plus de place dans les chambres.*

– *Ça ne fait rien. Nous vous serions reconnaissants si vous pouviez nous indiquer un endroit ou passer la nuit s'il vous plait ? dit Magalie.*

– *Vous prenez la deuxième rue sur la gauche, au bout de quelques mètres vous trouverez une maison biscornue, on y loue des chambres, je suis presque sûr qu'il y en a de libres.*

– *Merci Monsieur. Bonne fin de soirée.*

– *Également !*

On avait à peine atteint l'angle du mur que je poussai Magalie dans l'ombre en lui réclamant le silence : j'avais entendu une porte s'ouvrir et se refermer brusquement. Et j'en concluais que peut-être notre maladresse avait sûrement inquiété la ou les personnes qui habitaient cette maison. Comme je voulais en avoir le cœur net, je revins à pas de loup jusqu'à l'arête du mur. Je regardai furtivement et j'aperçus une personne qui s'éloignait rapidement dans une autre direction que la nôtre. Rassuré, je pus retourner après de ma compagne pour lui expliquer le pourquoi du comment.

– *Qu'est-ce qui t'as pris ? Tu peux m'expliquer ?*

– *La raison qui m'a fait agir de cette façon, c'est que le gardien de cette baraque vient de sortir de chez lui comme s'il était poursuivi par je ne sais quoi.*

– *Et alors, peut-être qu'il avait un rendez-vous urgent !*

– *Mais le plus frappant, c'est que l'individu que j'ai vu ressemblait étrangement à celui qui nous a ouvert.*

– *Je préconise qu'on continue notre discussion dans un endroit ou les murs n'ont pas d'oreilles, proclama Magalie.*

Tout en parlant, nous étions arrivés à l'endroit indiqué. On ne trouva aucune sonnette mais juste au milieu de la porte nous remarquâmes un heurtoir. Un moment après, un homme d'un certain âge nous ouvrit.

- *Soyez les bienvenus. Que puis-je pour vous ?*

- *Le monsieur qui vit dans la bâtisse avec la toiture de couleur bleue nous a conseillé de nous adresser à vous. Vous auriez une chambre pour trois ?*

- *Pour trois ! Je ne vois que vous et votre amie.*

- *Et bien comme je ne vois pas d'écriteau disant " interdit aux chiens ", je voulais savoir si je pouvais rentrer avec le mien ?*

- *S'il ne fait pas de bruit, pas de problème. Entrez ! Je suis heureux de recevoir des convives. Ça vous fera 231 pesos pour la nuit, vous êtes d'accord.*

- *Avec plaisir !*

--------*----*----*----*

4

BALADE MOUVEMENTEE

*_*_*_*

La nuit nous sembla courte, et pourtant nous ne nous sommes réveillés qu'aux alentours de dix heures ! Benji a eu droit à une ration de lait (mélangé avec des croquettes) offerte par notre hôte. Après avoir pris notre petit déjeuner et payé les 231 pesos convenus, on repartit vers l'inconnu, en poursuivant notre route.

Nous marchâmes pendant cinq ou six heures. Le chemin se continuait encore très loin... Á la sortie d'un virage nous débouchâmes près d'une chute d'eau. En voyant cette cascade, une idée me traversa l'esprit que je partageai immédiatement avec Magalie.

> — *Je propose que nous prenions une douche gratuite. Qu'est ce que tu en penses ?*
> — *Je suis d'accord. Je trouve que la nature fait bien les choses quelquefois, répondit-elle en souriant, je meurs de chaleur !*

Pendant que Magalie se préparait à faire trempette, je descendis le long de la rivière une idée derrière la tête. Je voulais lui faire la surprise d'un bon repas ! Je découvris rapidement un petit bassin contenant une quantité suffisante de poissons pour nous remplir l'estomac pendant au moins deux jours !

Je me mis alors à la recherche d'une branche assez fine pour fabriquer un harpon, mais suffisamment costaude pour éviter qu'elle ne se casse à la moindre pression. Une trentaine de mètres plus loin, je trouvai la branche idéale.

La pêche des fretins (1) ne fut pas chose facile, mais après quelques essais malchanceux, je pris le coup et pus en attraper une belle quantité. De retour auprès de Magalie, je vis avec plaisir qu'elle était sortie de l'eau, et qu'elle avait installé un camp de base, et préparé un feu. Elle avait dû deviner mon idée car elle avait taillé de petites piques à embrocher et je pus disposer les poissons à la verticale dans les braises après les avoir vidés de leurs entrailles. La cuisson achevée, je mis de côté dans un sac bien étanche une part des poissons que je recouvrai de gros sel, pour pouvoir les emporter pour un repas futur.

– *Où as-tu trouvé ces sacs et ce sel ?*
– *Je suis allé ce matin demander au cuisinier de me les vendre, mais il me les a donnés en me disant que je pouvais lui rendre un petit service en échange.*
– *Il ne t'a pas demandé ce que tu voulais en faire ?*
– *Bien sûr qu'il m'a interrogé, et je lui ai expliqué que nous partions pour plusieurs jours et que nous pensions camper et dormir à la belle étoile. Ma réponse a eu l'air de le satisfaire.*
– *C'est quoi le service qu'il te demande ?*

Comme ma réponse tardait à venir elle insista :

– Alors ce service ?

– Ok, ok, je vais te le dire : il m'a demandé de porter un message à une jeune personne qui se trouvait dans le salon de l'hôtel.

– Et…alors… ?

– *La personne en question m'a remercié et j'allais sortir quand elle me demanda à son tour de retourner voir l'auteur du message avec la réponse.*

Magalie rassurée, je me plongeai à mon tour sous la cascade. Une douche bien méritée, quoiqu'un peu vigoureuse ! Puis je changeai de vêtements et ma serviette alla rejoindre sa sœur jumelle sur une sorte de sèche-linge improvisé par Magalie, auprès du feu. Après quelques heures de séchage et une bonne sieste nous rassemblâmes notre matériel.

– *Où est passé Benji ?*

– *Je ne sais pas il était là, il y a deux minutes !*

— Benji ! Viens mon chien. Benji ! Ah ! Te voilà enfin !

— Tiens qu'est ce qu'il a dans la gueule !

— Benji donne ça.

Le chien m'écouta, me le posant dans la main. Un couteau ! Pour pouvoir le regarder sur toutes les coutures je le sortis de son étui et je vis qu'il avait des signes gravés sur la lame.

En attendant de pouvoir étudier les gravures de cette lame je le remis dans son fourreau et le tendis à ma compagne pour qu'elle me donne son avis. Elle me regarda et dit :

— Nous ferions mieux de le donner à un expert pour qu'il puisse déchiffrer ces signes mystérieux.

— Pour l'instant je me contenterai de le mettre à ma ceinture, on ne sait jamais, ça peut servir !

La trouvaille de mon chien me fit avoir un doute. Je rassemblai nos affaires pour quitter le camp, sans oublier d'éteindre le feu avec de l'eau, et je sifflai Benji :

– Montre-moi où tu as trouvé ça ! lui dis-je en lui faisant renifler le couteau.

Il comprit tout de suite, et partit en courant dans les broussailles. Nous le suivîmes avec peine, il pénétra dans un sous bois plus dense. Les branches formaient un pont sur nos têtes et nous cachaient le soleil, rendant l'endroit inquiétant. Benji, en arrêt devant un arbre immense, se mit à aboyer pour dire que c'était le lieu de la trouvaille.

– Tu es sûr que c'est bien là ?
– Ouah ! ouah !
– Drôle de lieu pour perdre... ou mettre intentionnellement un couteau aussi magnifique, dit Magalie.

– *T'as raison ! Je trouve bizarre que Benji ait trouvé ce couteau à la base de cet arbre et surtout dans un creux qui apparemment était recouvert par des feuilles mortes.*

– *Je te l'accorde c'est assez troublant.*

– *Nous avions à peine achevé ces mots qu'une ombre se faufila entre les arbres ! Nous continuâmes à marcher sur la piste qui longeait la forêt en direction de la droite. L'ombre disparut quelques mètres plus loin...*

–

– *Tu as vu cette ombre insolite ?*

– *OUI !*

– *Qu'est-ce que tu en penses ?*

– *J'ai le pressentiment que nous dévoilerons prochainement le mystère de tout ceci !*

– *Qu'est-ce qui te fait dire ça ?*

– *Intuition féminine, cher ami.*

On se remit en marche, toujours au hasard, droit devant nous. Un long silence succéda à nos paroles… Soudain on se retrouva devant une grande muraille, comme si une force surnaturelle l'avait fait pousser d'un coup. Vers où se diriger ? Vers la droite ou vers la gauche ?

– A ton avis on prend quelle direction ?
– Je pense qu'il faut aller vers la gauche car si on tourne à droite on risque de revenir sur nos pas.
– Je te fais confiance Mag.

Le sentier qui longeait la muraille était dégagé et nous pouvions avancer sans difficulté. Tout à coup, une nuée d'oiseaux fonça sur nous ! Je pris Magalie par le bras et je la fis se coucher. Les oiseaux passèrent au-dessus de nos têtes. Magalie stupéfaite me demanda :

– Qu'est-ce que c'était ?

- *Un groupe de volatiles en furie.*
- *Peut être qu'un phénomène ou une personne les a fait fuir.*
- *Tu crois que cela pourrait être "tu sais qui" ?*
- *Qui ça ? Ah oui ! Celui que j'ai rencontré hier... je n'en sais rien...*

Magalie ne répondit rien.

Nous nous remîmes à marcher, perdus dans nos pensées, toujours suivis de mon chien. Nous étions à peine remis de cet incident que le sol se déroba sous nos pieds et nous fit tomber de quelques mètres et atterrir dans une grotte.

- *Tu n'as rien de cassé ? demandai-je, inquiet, à Magalie.*
- *Je ne crois pas...*
- *Essayons de remonter !*

Mais la terre était argileuse et glissante et après plusieurs tentatives on se rendit compte que nous ne pouvions pas remonter. En ne nous voyant pas arriver, Benji qui lui avait réussi l'escalade, redescendit.

– *Est-ce qu'on se trouve à la porte d'un labyrinthe ?*
– *Peut–être que oui ! De toute façon, nous n'avons pas le choix, il faut continuer notre route.*

Notre décision était prise. Heureusement que j'avais prévu une lampe de poche ! Mon chien était parti un peu en avant. Il revint, prit ma manche en la tirant. Cela voulait dire : "Suis-moi, je veux te montrer quelque chose". Magalie et moi le suivîmes et nous arrivâmes dans une salle de 5 mètres sur 5. Il y avait toutes sortes de choses entassées, entre autres des caisses en bois.
On se mit à explorer la caverne. Nous découvrîmes : une lampe à pétrole, deux boîtes d'allumettes,

une corde, du papier journal, un bidon d'essence, plusieurs morceaux de tissus, une paire de gants, une boussole et un grappin qui dépassait d'une des caisses. Et plus on avançait dans la caverne et plus on faisait attention aux détails de cette pièce.

Nous ne trouvions pas normal d'avoir obtenu toutes ces choses aussi facilement. Donc on se mit à supposer que ça pouvait être un surplus de l'armée. Mais la plus logique des suppositions, était que nous nous trouvions en présence d'un repère de contrebandiers. Comme nous avions affaire à des bandits, on n'avait aucun scrupule à prendre tout ce matériel en le mettant dans nos sacs à dos.

J'aperçus un passage au fond de la grotte. Nous empruntâmes la galerie, et sur la droite nous découvrîmes bientôt un filet d'eau de source. On en profita pour se désaltérer. Comme l'eau était fraîche et revigorante, on remplit ma gourde. Puis on continua à marcher, en espérant que cette galerie nous conduirait vers la sortie. Il fallait être prudent car nous ne savions pas qui nous allions rencontrer... en allumant la lampe à pétrole que nous avions dénichée, on y verrait plus clair. Effectivement, en allumant la lanterne on vit un banc avec l'inscription : " arrêtez-vous ici ".

- Asseyons-nous pour décider de la marche à suivre.
- Bien ! Mais tu ne trouves pas insolite que ce siège soit-là ?
- Tu sais, avec tout ce qui vient de nous arriver, je ne m'étonne de plus rien.

J'ai omis de te dire, que j'ai lu le journal que nous avions trouvé....

Tu as trouvé quel que chose d'intéressant ?

Comme tu te doutes ce journal n'est pas tout jeune....

Oui, tu veux bien me raconter la suite de ta lecture ?

Bien, j'ai découvert que ce souterrain conduit directement à la mer.

Ce qui veut dire ....

Que si nous avions pu creuser la partie argileuse de tout à l'heure, on aurait sûrement atterri sur une courte plage....

Et on aurait pu trouver un navire éventré ....

Exact, je te dirais même plus, ce rafiot a appartenu à un grand navigateur....

Tu veux me dire que toutes ces caisses appartiennent à ce capitaine ?

D'après le journal il aurait vécu un moment dans les parages, alors oui il y a forte chance que cela lui appartienne.

Dis-moi où tu l'as déniché ce carnet ?

Dans une cavité, près des caisses enfermées dans un coffret en fer.

T'as pu l'ouvrir sans difficulté ?

Il m'a fallu un peu de temps pour déchiffrer le code, mais j'y suis arrivé.

1 - Petits poissons.

5

RECIT

--*-*

En nous laissant tomber sur le banc en bois nous renversâmes par maladresse un bocal qui alla se briser contre le mur d'en face. Des débris sortirent une ombre qui prit petit à petit la forme d'un homme miniature, qui grandit jusqu'à atteindre environ un mètre de haut. Il se dirigea vers nous, les mains sur les hanches, leva la tête, et d'une voix à peine forte nous déclara :

- *Je vous remercie infiniment de m'avoir libéré, je suis prisonnier de ce bocal depuis cent cinquante six ans.*
- *Comment vous appelez-vous ?*
- *Je me nomme Monsieur Petit Charlie.*
- *Je peux vous demander une faveur Monsieur Petit Charlie ?*
- *Je t'écoute mon garçon.*
- *Pouvez-vous nous raconter votre histoire s'il vous plaît car nous sommes curieux de savoir comment vous vous êtes retrouvé dans ce bocal.*

— *Je me ferais une grande joie de vous la raconter :*

Mon récit commence en mille huit cent quarante-trois, sur les bords du Missouri. A cette époque, j'avais une vingtaine d'années et j'habitais avec mes parents dans une maison qui se trouvait à une centaine de mètres de la rive droite du fleuve. Nous avions un petit escalier qui menait directement à une courte plage qui nous appartenait.

Un jour en me promenant sur le sable fin, j'entrevis un rayon lumineux qui partait du milieu de la falaise et rejoignait le bord de la plage.

Tout d'abord, je crus que je rêvais et je passai mon chemin sans prêter la moindre attention à cette lueur. Je ne pensais pas que ce fragment de lumière allait changer ma vie pour toujours...

Les jours passaient et plus je me promenais sur notre plage et plus ce rayon m'intriguait. Mais le plus bizarre c'est que j'étais le seul à l'apercevoir !

Donc, en ce matin de 1843, je me levai de très bonne heure avec la ferme intention de découvrir pourquoi j'étais le seul à voir ce trait de lumière.

Une fois les tâches quotidiennes achevées, je descendis dans la cuisine pour déjeuner et me préparer un casse-croûte pour midi. En rentrant dans la pièce je trouvai ma mère en train de faire cuire de la viande pour le repas du soir car nous avions des cousins qui venaient nous rendre visite. En me voyant, elle me regarda avec un grand sourire et me dis bonjour d'un ton qui me fit ressentir sa joie de me voir. Avant même que je lui réponde, ma mère me demanda si je pensais aller me promener par un si beau temps. Je lui répondis que je projetais de partir pour la journée et que je serai de retour en fin d'après-midi pour l'aider à tout préparer. Jennifer, ma mère, me regarda tendrement, ses beaux yeux bleus rayonnant d'amour, et me dit que c'était une bonne idée. Je lui demandai où je pouvais trouver mon père. Elle me montra par la fenêtre l'endroit où je serais *susceptible de le rencontrer. Je la remerciai et je me dirigeai vers la porte pour aller le rejoindre.*

Je le trouvai à quelque encablure. En me voyant il s'arrêta de couper son bois et attendit en silence que je lui pose mes questions. Comme je ne parlais pas il me dit :

- *Salut mon fils, quel bon vent t'amène ?*
- *Mum m'a dit que je pouvais te trouver ici et je souhaiterais te demander la permission de t'emprunter un rouleau de corde avec une lanterne car je vais me promener dans les hauteurs de la falaise.*
- *Tu sais que nous avons des invités ce soir !*
- *Oui Père, je sais, et c'est pour cela que je me suis levé si tôt.*
- *Bien, dans ce cas tu peux prendre le matériel.*

Je le remerciai et m'empressai de le laisser à ses occupations pour me diriger vers la grange où était entreposé le matériel.

Monsieur Petit Charlie fit une pose et nous demanda :

- Auriez-vous un peu d'eau car je commence à avoir la gorge sèche ?
- Bien sûr, tenez.

Il prit la gourde et en but une grande lampée avant de reprendre son récit.

- Où en étais-je ? Ah oui, je vous disais que je me dirigeai vers la grange pour récupérer la corde...

Il s'interrompit une nouvelle fois pour boire une seconde rasade et nous rendit la gourde en faisant un signe de la tête pour nous remercier. Puis il s'installa confortablement en face de nous et reprit pour la troisième fois son histoire :

- Une fois rentré dans la grange je me dirigeai directement au fond de celle-ci *pour récupérer les outils nécessaires à mon ascension. En ressortant je me trouvai nez à nez avec ma mère qui venait me porter un sac à dos rempli de victuailles avec une gourde, j'en profitai pour mettre le matériel dans les poches de côté. Je mis le sac sur mon dos en faisant une bise à ma chère Mum, en guise de remerciement. Avant même qu'elle me dise quoi que ce soit, je pris mes jambes à mon cou en lui criant que je serai de retour vers seize heures. Une fois sur le chemin qui montait en direction de la montagne, je fis une pause en buvant une grande rasade d'eau fraîche. Mais je repris ma route presque aussitôt car il me restait un bon bout de trajet à parcourir. Je savais à peu près où se trouvait la caverne parce que je l'avais repérée grâce au rayon lumineux. Mais une fois à destination je compris qu'il me serait beaucoup plus difficile de trouver le passage en question.*

Une heure plus tard je prenais pied sur une corniche assez large pour tenir au moins deux hommes allongés. Une fois que mon souffle et le battement de mon cœur eurent reprit un cycle normal, je pus pénétrer dans la caverne sur une distance de deux bons mètres. Presque aussitôt, je me retrouvai les quatre fers en l'air à quelques mètres de l'entrée, sans que je comprenne quoi que ce soit ! Heureusement que la corniche était assez longue, sinon j'aurais fait une chute d'une dizaine de mètres...

Pendant que je me remettais doucement, je pensais que j'avais dû me cogner à un mur magique. Il fallait absolument que je trouve une autre ouverture pour pénétrer dans cette caverne voir de quoi il retournait et trouver qui avait pu émettre ce rayon lumineux. Je n'allais pas tarder à trouver la réponse à mes questions car en fouinant un peu aux alentours, j'aperçus une autre ouverture.

A l'intérieur de cette seconde caverne, une très belle femme se tenait assise près d'une table de pierre. Elle me demanda de m'approcher en me souhaitant la bienvenue et me demanda si je voulais partager son repas. Je lui répondis que je serais enchanté de pouvoir manger à sa table.

Le temps passait, et l'heure du retour se rapprochait dangereusement. Je demandai à mon hôte la permission de rentrer dans mes pénates. Mais je devins livide lorsqu'elle me dit que je ne pourrais plus sortir de son domaine sans me prendre une violente décharge électrique dans les veines !

Je lui demandai donc pour quelle raison et de quelle façon elle m'avait ensorcelé. En guise de réponse elle se leva et se transforma en une autre personne, puis elle commença à m'expliquer des tas de choses, dans un dialecte que je connaissais mal, et j'avais du mal à la suivre.

La seule phrase compréhensible que je pus retenir c'est qu'elle m'avait ensorcelé avec un liquide que j'avais bu sans me douter du subterfuge. Elle claqua des doigts et mon corps se ficha tout seul dans un renfoncement de la paroi et une grille renforcée par un champ de force tomba devant moi.

Pendant des jours et des jours je restais là à me morfondre en pensant à mes parents qui devaient sûrement se demander où je me trouvais. J'espérais qu'ils ne s'inquiétaient pas trop et qu'ils pourraient bientôt me revoir, enfin je souhaitais être prochainement libéré et que j'entendrais de sa bouche que c'était un très regrettable malentendu.

Mais le jour suivant mes illusions s'envolèrent car elle me fit comprendre que nous allions échanger nos corps. Cette idée ne m'enchantait guère, je ne voulais pas passer le restant de mes jours dans le corps de cette vieille harpie !

La seule possibilité que j'avais en vue, était de trouver un moyen de contrecarrer ses plans d'une façon ou d'une autre. J'étais en train de réfléchir justement au tour de cochon que je pouvais lui jouer, mais il fallait que j'attende le moment propice pour lancer mon attaque.

Je fus surpris quand elle m'annonça qu'elle comptait, dans un premier temps, me transmettre *provisoirement ses pouvoirs, et ensuite faire le transfert de nos silhouettes. Je commençais à paniquer car au début je ne la prenais pas au sérieux, mais je vis apparaître la machine qui devait lui donner mon corps. Je réfléchissais à toute vitesse et soudain je sus ce que je devais faire. Mon plan consistait à attraper à la volée le miroir qui se trouvait sur la table et au moment où elle me libérerait de ma prison je lui renverrais son rayon magique qui, je pense, la détruirait et me délivrerait de mon envoûtement.*

La première partie de mon stratagème fut exécutée avec bravoure, par contre pour la suite de mon plan, il ne marcha pas comme j'aurais voulu ; certes je la réduisis en poussière, ça m'a fait gagner une bataille mais la guerre c'est elle qu'il l'emporta. Quand j'avais élaboré mon piège je ne me doutais pas qu'il allait se retourner contre moi ! Et c'est pour ça que quand le rayon atteignit son but, j'ai reçu un sort qui me transvasa dans ce bocal.

– *Je me demande comment vous avez fait pour survivre ?*

– *Je me suis aperçu que j'avais récupéré certains pouvoirs de cette folle, comme par exemple la faculté de se mettre en léthargie.*

– *J'aurais une dernière question à vous poser, intervint Magalie.*

– *Allez-y, posez- la !*

– *Le bocal est en verre, alors pourquoi ne l'avez-vous pas cassé?*

– *Seule une personne au cœur pur, pouvait rompre le sortilège et casser ce récipient. Avant d'arriver à cette conclusion, j'ai fait des expériences, tout d'abord je me suis mis à faire rouler le bocal, « comme un hamster dans sa cage ». Comme la hauteur qui séparait la table du plancher n'a pas suffi à casser le bocal, j'ai pensé que je pouvais nous faire tomber du haut de la falaise en espérant atterrir sur la plage, pour que mes parents me retrouvent et me rendent ma liberté. Mais ce jour-là, les dieux n'étaient pas avec moi, enfin pas tout à fait. Je n'avais pas pensé que je pouvais me retrouver à dix mille lieues de chez moi. Et pourtant en débaroulant de la montagne, nous avons été pris dans une grande rafale. Cette bourrasque de vent nous déposa au milieu de la rivière. Pour comble de malchance un oiseau migrateur passa juste au moment où nous faisions surface. Il nous attrapa dans ses serres et nous transporta jusqu'à son nid. Mais comme nous n'étions pas comestibles, il nous reprit dans ses serres et nous déposa dans une cavité souterraine. Quelque temps après une grosse averse tomba et remplit la cavité, l'eau nous conduisit dans une rivière souterraine qui nous fit jaillir à l'air libre. Cette liberté fut de courte durée, car on se retrouva parachutés dans ces souterrains, par une bête qui a voulu*

nous manger. Rien n'y fit et nous sommes toujours en un seul morceau. J'ai toujours gardé l'espoir que quelqu'un nous viendrait en aide. Et vous êtes arrivés !
- *J'ai répondu à votre question, miss ?*
- *Merci je suis satisfaite de votre réponse.*

Son récit terminé, il nous salua en nous remerciant pour la seconde fois et s'évapora dans la nature comme par enchantement !
On aurait bien voulu savoir comment il avait fait pour disparaître, mais après une bonne minute nous décidâmes de continuer notre chemin car nous avions peu d'espoir de le revoir.

Après le récit de Monsieur Petit Charlie, il était inutile de prendre des précautions car dans les tunnels les voix portent loin. Nous arrivâmes à l'extrémité du tunnel qui débouchait sur une pièce traversée par la lumière du jour.
Notre réjouissance fut de courte durée car le passage proposait plusieurs possibilités, dont une

bouchée par un éboulement. Après avoir digéré la mauvaise nouvelle, nous avons décidé d'explorer les deux autres chemins accessibles, sans trouver la moindre parcelle ou fragment d'ouverture. Une seule possibilité s'offrait alors à nous : retourner au milieu de la caverne et essayer de déblayer l'éboulement pour continuer notre chemin. Après avoir mangé les poissons qui nous restaient en buvant de l'eau, nous nous sommes mis au travail pour dégager l'ouverture. Après quelques heures de travail acharné, on finit enfin par dégager l'entrée et on l'emprunta illico presto. Quand nous arrivâmes au bout du couloir, il y avait effectivement une sortie ! Nous étions trop soulagés pour dire quoi que ce soit. Nous étions dans une clairière où un gigantesque arbre centenaire s'était écroulé, formant une trouée de lumière dans l'épaisse voûte de feuillage. La végétation recouvrait déjà l'ancêtre mort et de jeunes pousses s'élevaient vers le ciel pour occuper l'espace qu'il avait libéré. Emerveillés par la beauté de l'endroit, la vue de cette parcelle de *verdure nous redonna de la force, car nous étions un peu fourbus à cause de la détermination qu'on avait mis à déblayer le passage. Notre étonnement passé, nous sommes restés un long moment sous les chauds rayons du soleil à suivre sa course lente. Il déclina peu à peu, jusqu'à toucher la cime des arbres sur notre gauche. Un énorme nuage le couvrit peu à peu et fit chuter la température de 3 ou 4 degrés. Il nous fallait rechercher un abri pour pouvoir se protéger de la pluie imminente. Nous nous remîmes donc en marche. Au bout d'un moment on tomba sur un sentier tortueux croisant de nombreux autres chemins mais nous étions complètement perdus dans le brouillard qui était tombé. Nous fîmes halte pour essayer de nous repérer mais en vain. Pour comble de malheur, une pluie fine commença à tomber, sans pour autant disperser la brume et nous errâmes pendant un certain temps avant de trouver enfin un abri...*

--------*----*----*----*

6

LA GROTTE

--*-*

Nous entrâmes dans la tanière et comme nous avions tout le temps devant nous, nous décidâmes d'explorer notre refuge.

Mais avant d'entreprendre la visite il nous fallait fabriquer une torche pour faire face à une soudaine visite impromptue. Nous avions abandonné la lampe à pétrole, dans l'autre endroit, et ma torche n'avait plus de pile. Magalie me demanda comment j'allais m'y prendre pour fabriquer l'objet en question. Je lui expliquais que j'allais prendre une courte branche, ensuite je l'entourerais d'un morceau de tissu que j'avais trouvé dans la grotte que nous avions visitée avant hier. Puis je l'imbiberais d'un peu du pétrole. Comme elle n'était pas convaincue du résultat de ma fabrication, je pris une allumette pour faire fonctionner la torche, qui s'alluma sans problème. Une fois cette tâche accomplie on commença à explorer la caverne. Magalie mon chien et moi-même, nous marchions depuis plusieurs minutes, quand on arriva à un coude. Après la courbe on se trouva devant un monticule de pierres indiquant trois directions différentes. Une à gauche, une autre à droite et la troisième partant tout droit.

Mon chien partit en galopant et en aboyant après une sorte d'hyène. Il revint bredouille quelques minutes plus tard.

On s'interrogea sur la race de cette bête. Mais au bout d'un moment on se mit d'accord, que ça ne pouvait pas être une hyène mais juste une ressemblance. Alors je proposai à ma compagne de prendre chacun de notre côté. Magalie me demanda si c'était bien prudent de prendre des chemins différents, à cause de cet animal qui se baladait dans les galeries de la grotte.

Pour la rassurer je lui donnai la torche et pour ma part je gardai les allumettes. Je pensais que, en lui donnant de la lumière, ça suffirait à lui faire garder le contrôle de ses nerfs. Grâce au brandon, son assurance remonta d'un cran, mais ce n'était pas suffisant pour pouvoir la tranquilliser pour de bon. Je m'apprêtai à lui dire qu'elle n'avait rien à craindre car je serais juste dans le couloir de droite. Mais dans la minute qui suivit, j'ai dû ravaler mes paroles car j'allais lui demander de ne pas bouger à cause d'un serpent qui passa près d'elle. Sa réaction ne se fit pas attendre, elle se raidit sur place en me suppliant de le chasser le plus rapidement possible. Je pris mes gants et un bâton pour l'envoyer dans le décor.

- *Du calme ! Tu vois que ce n'était pas si dur que ça ?*
- *Tu es très drôle ! Je n'ai pas pu faire autrement, j'ai si peur des serpents !*
- *Tu es sûre que ça va aller ?*
- *Oui ! Je suis certaine que je me sens bien.*
- *Si tu as peur dans le passage crie aussi fort que tu peux.*
- *Tu veux dire, comme ceci... ? GUAUOOAUUUU !*
- *Je ne savais pas que tu avais de tels dons "canins" Magalie !*

–   Ça te va ?

–   OK ! Dis-toi que tu n'es pas toute seule car je te laisse Benji comme garde du corps.

–   Merci !

Nous voilà partis chacun dans une destination différente. Pendant que Magalie affrontait son destin avec mon chien, je me retrouvais dans une pièce voûtée avec des stalagmites et des stalactites qui se rejoignaient et qui formaient des piliers. En plein milieu de la salle se trouvait une vieille malle en bois. Je m'en approchai...

Soudain... Je me fis assommer par une personne planquée dans un recoin de la tanière. Je m'écroulai et restai évanoui pendant dix bonnes minutes. Durant ce moment je me demandais qui avait pu me faire une chose pareille !

Ce fut Magalie qui me réanima et me demanda :

–   Que t'es-t-il arrivé ?

– *Je me suis fait agresser par une personne inconnue, mais tout va bien et nous pouvons continuer notre exploration. Et toi, comment ça s'est passé de ton côté avec Benji ?*

– *Très bien ! À part les toiles d'araignées qui couraient partout et les chauves-souris, j'ai pu me rendre compte que les deux couloirs se rejoignaient.*

– *Si j'avais su on aurait pu prendre le même chemin. Tu n'as pas revu la bestiole de tout à l'heure ?*

– *Heu ! Non ! Non !*

– *Tant mieux ! car je me voyais mal affronter cette chose.*

Je lui montrai la malle et je m'aperçus qu'elle n'était pas fermée. Je m'empressai de l'ouvrir. Je découvris une bougie collée sur une tête de mort. Je la pris et la mis dans mon sac. En dessous il y avait une sorte de parchemin. Magalie me demanda si je pensais avoir trouvé quelque chose d'intéressant. Je me mis alors à lire le manuscrit...

J'avais à peine achevé la lecture de la première page, qu'en regardant le reste des documents Magalie me fit remarquer que sur la deuxième page il y avait un plan d'une île et que le manuscrit était daté de 1890. On se demanda si cette île existait encore à notre époque et on se mit d'accord sur le fait de porter ce parchemin à un expert pour qu'il puisse faire le test de l'authenticité. Il ne nous restait plus qu'à continuer notre visite.

Une fois l'immense salle traversée, on se retrouva devant un très vieil ascenseur. Nous n'étions pas très tranquilles car on ne savait pas où nous allions mettre les pieds. On supposa que le monte-charge pouvait nous conduire dans le refuge du revenant, ou bien dans une maison ou encore dans une autre galerie.

La montée nous parut longue comme un jour sans pain, enfin on arriva dans un living-room désert.

Pendant que Magalie restait avec mon chien dans le salon, je me suis mis à explorer le reste de la maison pour voir si la demeure était habitée.

Cinq minutes plus tard je trouvais mes compagnons dans une autre pièce. Avant même que Magalie ne me submerge de questions, je lui dis que je n'avais trouvé personne et en conséquence je ne pouvais pas satisfaire sa curiosité. Mais une chose était sûre, c'est qu'on tombait de sommeil et c'est pour cela que je dis :

– *Aho ! Je sens que je vais m'endormir comme une souche ! Mais avant je vais prendre une douche dans une des salles de bains.*

– *Quant à moi, si j'ai l'estomac vide, je ne peux pas dormir ! Je vais chercher un en-cas. Tu veux quelque chose ?*

– *Heu ! Oui ! Merci !*

Pendant que je me dirigeai vers la pièce d'eau, Magalie se mit à la recherche de la cuisine. Un moment après je me faisais couler l'eau sur mon corps en chantonnant :

— Ah ! Si j'étais riche ! Tra la la la ...

Soudain je fus interrompu par un cri qui me tétanisa sur place. Je mis deux bonnes minutes avant de pouvoir en envisager avec lucidité les conséquences... Une fois remis, j'ai pu enfin articuler quelques mots :

— Hé ? Que se passe-t-il ?
— Ce n'est rien ! C'est juste le tableau qui est dans le couloir qui m'a surpris
— Tout va bien ?
— Oui ! Je me suis remise de mon émotion !
— J'ai fini de prendre ma douche ! Tu peux prendre ma place.
— Merci !

– Quand tu auras fini, il faudra que je lave mon chien !
– Tu es sûr que c'est nécessaire ?
– Bien sûr que oui c'est indispensable ! on doit le laver une fois par mois pour éviter toutes sortes de parasites comme les puces.

Un moment plus tard :

– As-tu trouvé la cuisine ?
– Heu ! Pas encore. La maison est si grande que pour se repérer c'est difficile.
– Regarde le plan qui est sur le mur.
– Quel plan ? Tout à l'heure il n'y avait pas de plan.
– Tu as la vue qui baisse ?
– Ha ha ! Très drôle. Benji est témoin.
– Dommage pour toi, que mon chien ne sache pas parler.
– Je te l'accorde c'est vraiment regrettable.

– Bon ! Voyons cette carte. Tu vois que la cuisine était proche.

– Bien sûr, mais je te répète que ce plan n'était pas là.

– Ça va, ça va ! Je te crois. Il ne faut pas crier comme ça je ne suis pas sourd.

Effectivement nous n'étions pas sourds, mais ça ne nous avait pas empêché de monter le son de nos voix. Une fois le silence retombé, on se rendit compte du bruit :

– Toc, toc toc...!

– Hum... ! Qui frappe ? Qui est là ?

– Oh ! Je n'ai encore jamais vu une table dont les pieds tremblent.

– Benji ! Que fais-tu donc ici ? demanda Magalie en se penchant sous la table.

– A mon avis il a peur de prendre son bain.

– Tu crois que c'est ça ?

– Oh ! Oui ! Je le connais bien, il a horreur de mettre son corps dans l'eau.

– Ah ! oui je me rappelle qu'il est tombé dans l'eau quand il était petit et que tu as dû le réanimer.

– Exact !

Tout en parlant, nous arrivâmes au niveau de la cuisine.

– Tu ne trouves pas bizarre que la maison soit équipée de tout ce confort sans que nous trouvions âme qui vive ?

– Je suis conscient que nous n'avons trouvé personne. Mais je pense que cette maison a été habitée il y a peu de temps et que le ou les propriétaires sont partis précipitamment pour une raison x ou y. Mais quand on voit ce foutoir ils ont dû vraiment avoir une peur bleue.

Nous entrâmes dans la cuisine enfin trouvée et nous nous préparâmes un repas convenable.

Une fois le repas terminé on se dirigea de nouveau dans la salle de bains pour donner son bain à Benji. Ce fut la croix et la bannière pour le faire rentrer dans la baignoire. Mais après une longue bataille nous avons pu faire couler de l'eau tiède sur son dos et le frictionner énergiquement avec un shampoing adapté à son poil, que nous avions trouvé dans l'un des placards qui garnissait cette pièce. L'étape suivante a été de le frotter vigoureusement avec un torchon pour éviter qu'il nous éclabousse en ébouriffant son poil.

Quelques instants plus tard on entendit plusieurs :

- – Dong ! Dong ! Dong !
- – C'est quoi ça encore ?
- – C'est la pendule qui sonne 22 heures.
- – Ha ! J'aime mieux ça.
- – Tu te souviens de ce canidé à quatre pattes dans la grotte.

– *Je m'en rappelle.*

– *Allons voir dans la bibliothèque si on ne trouve pas un livre sur les carnivores.*

La porte de la bibliothèque se trouvait non loin de la cuisine. Mon chien resta à l'entrée pour monter la garde. Nous partîmes chacun de notre côté et de temps à autre je l'interrogeais pour savoir si elle avait découvert l'objet de notre convoitise et elle me répondit qu'elle n'avait rien trouvé. Mais au bout de maintes recherches elle m'interpella.

– *Viens voir ! J'ai trouvé le livre que nous cherchions.*

– *Ha ! Oui ! Tu as trouvé la bestiole que nous avons vue dans la grotte ?*

– *Heu ! Pas vraiment, je dirai plutôt que c'est une lointaine cousine.*

– *Alors j'ai peut-être une suggestion…*

– *Hein ?*

– *Je disais donc que : suppose que cette apparition ne soit due qu'à une illusion virtuelle.*

– *Qu'est ce que tu veux dire par-là ?*

– *Si tu préfères ce serait une sorte d'hologramme activé à distance par une télécommande ou bien par un rayon à infrarouge qui a été mis sur le passage.*

– *Bien ! Je suis contente que tu aies élucidé en partie ce mystère, mais je voudrais te rappeler que nous avons sommeil.*

– *D'accord ! Allons-y.*

On quitta la bibliothèque pour nous diriger dans une des chambres de la demeure pour étancher notre soif de sommeil. Malgré ma fatigue, je ne parvins pas à m'endormir tout de suite. Mes pensées ne cessaient de vagabonder vers Magalie...

7

LES SOUTERRAINS

Après une nuit sans encombre, nous nous levâmes aux premières lueurs du jour.

— *Tu as passé une bonne nuit ?*

— *Excellente ! et toi as-tu bien roupillé ?*

— *Au départ non. Par la suite j'ai bien dormi.*

— *Eh ! Si on faisait la course ? Pour savoir qui va passer dans la salle de bains.*

— *Vas-y toi, car je n'ai pas envie de courir ce matin.*

— *Tu es un paresseux !*

— *Non ! Mais le matin j'ai envie de prendre mon temps.*

Nous passâmes donc chacun notre tour dans la pièce d'eau et nous nous retrouvâmes dans la chambre tous les deux frais et dispos.

— *On s'en va de cette pièce ? je voudrais visiter le reste de la maison.*

– *OK ! Sans problème. Avant de partir tu peux m'aider à ranger nos affaires ?*

– *Avec plaisir, répondit Magalie, un sourire aux lèvres.*

Nous allions partir quand tout d'un coup le plancher craqua.

– *Qu'est ce que c'était ?*

– *Je ne sais pas.*

– *Allons voir ça de plus près.*

– *Je pense que cela venait du premier...*

On se mit en marche et on arriva devant un escalier qui allait peut-être nous conduire au premier. On commença à monter les marches en longeant une rampe en bois jusqu'à un palier. Suite à ce palier un autre escalier démarrait et se divisait en deux parties égales avec une rampe par le milieu.

Après cette constatation on emprunta chacun un côté pour prendre pied à l'étage supérieur. On avait beau marcher tout le long de l'étage le craquement que nous avions entendu précédemment ne se refit pas entendre. Découragés, on décida de redescendre car nous n'avions plus rien à faire à cet étage. Nous allions redescendre quand je reçus une fléchette dans mon cou, qui me fit sursauter. Je me demandai bien d'où pouvait provenir le projectile et Magalie me démontra que la fléchette était partie de la statue qui se trouvait sur la rambarde.

En regardant plus attentivement la figurine, je me suis rendu compte qu'il y avait un petit trou à l'intérieur de sa mâchoire. On était en train de regarder la statuette, quand on entendit de nouveau le craquement de tout à l'heure. On se précipita sur le palier pour découvrir, à notre grande surprise, une ouverture dans le plancher que nous avions foulé précédemment !

— *J'ai la berlue ou quoi !*

– *Je ne crois pas que tu aies une mauvaise vue, je pencherai plutôt sur un fait d'illusion.*

– *Je comprends, mais continue je t'en prie !*

– *Hé ! Bien regarde mieux le plancher de plus près et tu trouveras qu'il n'y a pas de poignée.*

– *Donc si je comprends, quand l'ouverture est fermée nous ne voyons que du feu.*

– *Exact ! Mais je me pose une question : Comment ont-ils fait pour ouvrir la trappe ! Qui ça peut-être ?*

– *Je suppose qu'on l'ouvre de l'intérieur ou plutôt avec un mécanisme d'ouverture. C'est pour cela qu'il n'y a pas de poignée.*

– *Tu penses à quoi exactement ?*

– *Je dirais que c'est la fléchette que j'ai reçue qui a ouvert la trappe !*

Nous franchîmes les quelques pas qui nous séparaient de l'entrée du passage et nous nous aperçûmes que la trappe s'ouvrait sur une volée de marche en pierre descendant dans un couloir sombre.

Nous avions à peine mis le pied sur la première marche que brusquement les marches ont basculé à l'oblique pour former un toboggan et nous sommes tombés à l'étage inférieur, suivis de mon chien. Nous essayâmes de retrouver nos esprits après la glissade interminable que nous venions de subir.

Je demandais à Magalie si elle n'avait rien de cassé et elle me répondit que non. Elle continua à me dire que cette maison était vraiment truffée de pièges et de passages secrets. Tout en parlant on examina la galerie et on la trouva beaucoup plus large que celles que nous avions vues jusqu'à présent.

Nous trouvâmes des marques de pas dans la poussière indiquant qu'on y avait marché il y a peu de temps. Toutes les empreintes semblaient se diriger dans la même direction c'est à dire tout droit.

Un peu plus loin, nous arrivâmes devant des marches en colimaçon s'enfonçant dans le sol. Nous descendîmes l'escalier qui se terminait brusquement par un mur. Comme nous appuyions dessus, il se mit à coulisser lentement pour nous livrer un passage. Nous voici dans un tunnel humide où flottait une puanteur assez insupportable qui nous prit à la gorge. A peine avions-nous avancé de quelques pas qu'une lourde herse en fer forgé se referma derrière nous, condamnant désormais le chemin du retour.

Il ne nous restait plus qu'à suivre ce boyau malodorant. A peine entrés, nous fûmes neutralisés et conduits dans un donjon puis jetés sans ménagement dans un sinistre cachot de deux mètres sur trois. Le gardien, un homme gras et rouge comme une pivoine vêtue d'un uniforme crasseux et répugnant nous indiqua le fond de la cellule en nous disant :

– Restez sages et il ne vous arrivera rien de fâcheux.

– Pourquoi nous enfermez-nous ?

Il ne répondit pas toute suite à ma question.

– On vous conduira dans une heure ou deux devant le maître des lieux. Pour répondre à votre interrogation, vous êtes accusés de haute trahison.

Sur ces paroles, il nous ferma brutalement la porte de la cellule.

– Et bien dans quelle galère nous nous sommes mis !
– Je te ne le fais pas dire…
– Il ne nous reste plus qu'à nous allonger sur la maigre paillasse qui occupe le coin de notre cage et à essayer de trouver tant bien que mal une stratégie d'attaque.
– Je suis d'accord ! dit Magalie. Mais quel plan ?

– *Bien ! Avant de répondre à ta question je vais résumer la situation : On nous a désarmés, on nous a capturés sans ménagement, on est enfermés dans cette cellule et on nous prend pour des espions. Mais... On a surtout de la chance d'être vivant.*

– *Ton discours analyse bien notre position, mais il faut vite trouver une tactique pour sortir de ce trou à rat.*

– *J'ai une idée ! Ça ne va pas te faire plaisir...*

– *Dis toujours ! Je vais voir si ton explication va me convenir.*

– *Bon ! Tu vas simuler un mal de ventre tout en appelant la sentinelle et dès qu'elle rentre je l'assomme et je lui prends ses clefs. Puis je la bâillonne avec son mouchoir et je l'attache avec ses lacets et enfin je l'enferme dans la cage à notre place. Ça te convient ?*

– *Tout à fait.*

Nous appliquâmes notre plan d'évasion. Puis nous nous élançâmes sur la droite en passant devant un nombre incalculable de prisons. Un peu plus loin nous aperçûmes une pièce sur notre droite. Nous nous empressâmes de rentrer dans la salle apparemment en cul-de-sac. Mais à l'intérieur nous découvrîmes un véritable arsenal. Parmi toutes les armes : mon sac et notre couteau ! Je remis sans attendre notre arme à ma taille et le sac sur mon dos. Puis nous ressortîmes de la salle et nous longeâmes en courant les murs humides et puants de la prison lorsqu'une voix retentit soudain :

– *Est-ce que c'est toi, Hido ?*

Comme nous restions silencieux, nous entendîmes un juron étouffé, suivi d'un bruit de pas précipités. Un garde apparut brusquement dans la lumière des torches accrochées tout le long du couloir.

Nous essayâmes désespérément de nous cacher, mais il ne faisait pas assez sombre dans le passage et la sentinelle s'arrêta net en nous apercevant :

– *Evadés ?!! Comment avez-vous...*

Je profitai que l'homme se trouvât pris au dépourvu, pour lui donner un formidable coup de poing à la mâchoire sans lui laisser le temps de finir sa phrase. Mon crochet de la droite le fit reculer et il tomba par terre assommé.

– *Magalie ! Grouille on file d'ici.*
– *Attends ! Je fouille le garde.*
– *Magne-toi. Qu'est ce que tu as trouvé ?*
– *J'ai récolté une petite bourse qui se trouvait à sa ceinture.*

Après cette trouvaille nous nous sommes mis à cavaler dans la direction d'où venait la sentinelle : nous avions le choix entre un escalier ou un long couloir. *Nous décidâmes d'emprunter l'escalier et nous nous retrouvâmes devant une porte en bois. En tournant la poignée nous constatâmes, à notre grande surprise, que la porte s'ouvrait sur une corniche. Pendant que nous réfléchissions à notre nouveau problème le garde se remit doucement de son évanouissement et sonna l'alarme.*

- *J'ai trouvé une solution à notre situation.*
- *A oui ! C'est quoi ton idée ?*
- *Je vais prendre la corde qui se trouve dans mon sac, ensuite je pose le rouleau à mes pieds puis j'accroche le grappin à l'extrémité. Ensuite je la lance de l'autre côté et on joue à Tarzan et Jane et en deux secondes on se trouve en face et on pourra sortir de ce guêpier.*
- *Tu crois que c'est une bonne idée ?*
- *Pas toi ? A moins que tu ne préfères ta belle petite cellule de tout à l'heure.*
- *Ça va, allons y.*

Je pris Benji sur mes épaules et je lui attachai les pattes pour ne pas qu'il tombe. Puis nous prîmes notre élan et nous élançâmes dans le vide à 3 ou 4 mètres du sol. On passa à travers une fenêtre entrouverte du deuxième étage. Puis nous nous retrouvâmes dans une pièce assez sombre. Je gardais mon chien sur mon dos. Nous étions déjà loin lorsque le garde arriva à la corniche et nous aperçut.

- Alarme ! Alarme ! Les prisonniers sont dans l'autre aile de la maison.
- Hourra ! Nous avons réussi. Tu vois que ce n'était pas si compliqué que ça.
- C'est simple si on ne regarde pas en bas.

Pendant que Magalie finissait de parler, j'explorais la salle.

- Mercredi !

– *Quoi encore ?*

– *Il n'y a pas d'issue dans cette salle. Il faut récupérer le grappin et le lancer au 1er étage et refaire le plongeon, en espérant qu'il y ait une sortie.*

– *Ah non ! On ne va pas faire encore le grand saut !*

– *On ne peut pas faire autrement.*

Nous fîmes ce que je venais de dire et nous nous retrouvâmes au 1er. Je grattai une allumette pour allumer la lanterne afin qu'on puisse voir une partie de la pièce. Nous découvrîmes une porte dans le fond du réduit. J'ouvris la porte à grande volée. Puis je détachai mon chien qui était tout content de retrouver sa liberté.

– *Tu devrais éteindre le lampion pour éviter de nous faire repérer.*

– Mais ! Comment veux-tu y voir quelque chose dans ce couloir qui est en partie dans l'ombre ?

– Et bien craque une allumette, on se fera moins remarquer.

Je pris la boîte d'allumettes à tâtons dans mon sac. Puis j'en craquai une et ça nous permit de voir pendant quelques instants.

– Rallume une allumette, on n'y voit rien.

– Je ne le fais pas exprès.

– C'est ce qu'on dit dans ce cas-là.

Nous entrâmes dans une salle et nous empressâmes de fouiller l'armoire au fond de la pièce : rien. Une personne est passée avant nous...

Magalie m'interpella.

– *J'ai trouvé un journal intime. Les pages sont à moitié lisibles, la couverture porte un nom : Monsieur Alexandre.*

– *Où as tu trouvé cet objet ?*

– *Je suis bien surprise que tu n'aies pas ramassé ce livre avant moi ! En tout cas il se trouvait à droite de l'armoire.*

– *Bien joué Magalie !*

– *Je vais essayer de reconstituer un message lisible.*

– *Alors ce document ?*

– *J'ai réussi à reformer le paragraphe écrit par Monsieur Alexandre.*

– *Tu peux me le lire ?*

– *Non ! Je te lirai plus tard, répondit Magalie !*

Tout d'un coup j'entendis des pas précipités dans le couloir.

– Je crois que nous n'allons pas tarder à avoir du monde à nos trousses.

– Pourquoi tu dis ça ?

– Tu n'as pas entendu la course des gardes dans le passage ?

– Je n'ai pas fait attention car j'étais préoccupée à réfléchir sur ce texte.

Nous sortîmes de la pièce. On se mit à courir le long des couloirs en faisant attention de ne pas tomber nez à nez avec une sentinelle. On s'arrêta net pour se reposer un peu. Notre course nous avait permis de semer nos poursuivants. Enfin nous pensions avoir réussi à les semer, mais le destin en décida autrement. Car une voix derrière nous, nous fit sursauter :

– Pas de bol mes gaillards ! nous sommes là pour vous ramener en cellule et au pas de course. Allez, bougez-vous un peu, votre cellule vous attend. Pour éviter de se faire surprendre une deuxième fois, tu vas rester là Emile et tu vas les surveiller.

> – A vos ordres mon capitaine.

Le garde le plus gradé s'en alla et le petit gros resta nous garder. Il se prit une chaise et s'assit contre la porte de la cellule. On s'éloigna de l'ouverture et on parla à voix basse pour ne pas qu'on nous entende.

> – On s'est fait pincer comme des débutants.
>
> – Je ne te le fais pas dire JB. A ton avis qu'est-ce qu'ils vont faire de nous ?
>
> – Hé bien ! Si tu te rappelles ce qu'a dit le garde qui était rouge comme une pivoine ; on va nous conduire auprès de Monsieur Alexandro. Du moins je le suppose.

Je réfléchissais à une solution pour nous sortir d'ici. J'avais beau me creuser la tête, je ne trouvais pas une solution à notre problème.

*____*____*____*____*____*

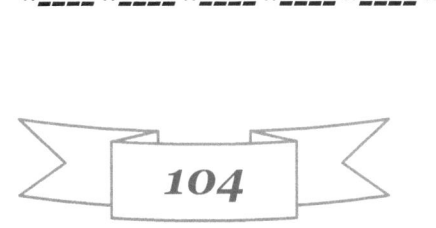

8
EVASION

--*-*

J'étais plongé dans mes pensées quand une voix nous interpella et nous dit :

- Ecoutez moi étrangers !
- Qui est là ?
- Je suis le fantôme de ces lieux.
- Vous nous donnez une minute Monsieur le revenant ?
- Faites, je ne suis pas à quelques minutes près.

Je pris Magalie par le bras et je l'entraînai de l'autre côté.

- Qu'est ce qu'on fait ?
- On peut parler avec lui.
- Tu rigoles ! Parler avec une ombre qui vole ! T'as perdu la tête ma pauvre Magalie...

– Non ! Non ! Imagine-toi que ce n'est pas
un vrai fantôme et que nous découvrions
que c'est un être humain.
– Ah ! Le voici de nouveau.
– Prêt pour la leçon ?
– A toi de me démontrer que ce n'est pas un
fantôme.
– Regarde !

Magalie prit une petite pierre et la lança sur le
revenant et celle-ci passa au travers et alla se
fracasser contre le mur.

– Tu disais quoi ?
– OK ! Je l'admets, c'est un fantôme.
– Que voulez-vous ? (Je posai la question au
spectre.)
– Ce que je veux moi ? C'est parler avec
vous.
– Parler !

– *Me voilà libre, mais pas comme je l'aurais souhaité.*

– *Comment ça ?*

– *Je vais commencer par le début si vous le voulez bien.*

– *On vous écoute.*

– *Je m'appelle Alexandre. Je suis le frère de Monsieur Alexandro. Il m'a tué il y a 3 ans et je suis obligé de rester comme je suis à tout jamais. J'ai péri au-delà des marécages. Je n'ai pas reçu de sépulture décente, mes ossements gisent toujours là-bas et je n'ai pas trouvé le repos éternel. Je peux vous demander une faveur ?*

– *Dites toujours, on verra bien.*

– *Je souhaiterais que vous alliez sur les lieux où mes ossements gisent et que vous les enterriez dignement. Etes-vous d'accord pour m'aider dans cette tâche délicate ?*

- *Avant de vous dire oui, je voudrais vous poser une ou deux questions.*
- *Entendu !*
- *Comment votre frère vous a tué et pour quelle raison ?*
- *Si je réponds à vos interrogations, vous m'aiderez à retrouver la paix ?*
- *Nous vous promettons de tenir notre engagement.*
- *Soit ! Comme je vous l'ai dit précédemment je suis Alexandre Westwood. Mon histoire commence il y a 4 ans en arrière, à cette époque nous étions deux frères unis par un serment que nous avions fait à la mort de nos parents. Le serment étant que si l'un de nous deux avait besoin d'aide, l'autre arriverait immédiatement sans discuter.*

C'est ainsi que mon frangin me téléphona en me demandant de venir le voir pour l'aider à rénover la maison de nos ancêtres. Sur ce coup de fil je fis mes bagages et je me suis rendu à la gare et ai pris le train de 12 h.

Mon frérot m'attendait à l'arrivée, comme c'était convenu au bout du fil.

Nous étions contents de nous retrouver après une si longue absence. C'est vrai que pendant 2 ans nous nous étions perdus de vue et que son coup de fil avait fait faire un bond dans mon cœur car je ne pensais pas le revoir un jour à cause de nos occupations mutuelles.

Après nos retrouvailles nous avons pris sa voiture et nous nous sommes rendus sur les lieux des travaux. Par la suite nous avons décidé de visiter le domaine pour pouvoir évaluer le montant des réparations. Sur cette estimation nous retournâmes dans la partie habitable de la maison.

Pendant que mon frère donnait des coups de téléphone pour recruter des personnes qualifiées qui permettraient de commencer les travaux, je me dirigeai vers ma chambre pour me prendre une douche et me coucher.

Puis des jours, des mois ont succédé à cette belle journée sans que le moindre problème ne survienne pendant les travaux.

Durant cette période je découvris les plans de la maison et je me suis aperçu que les plans dataient de 1750. Je me suis mis à étudier ces documents et j'ai remarqué que la 1ère feuille montrait le plan de l'établissement. La maison contenait 50 chambres avec ses salles de bains, 5 cuisines et enfin une très grande véranda. Ensuite je pris la deuxième page : elle contenait tout un paragraphe sur un savant qui avait habité cette maison et qui avait fait construire un quatrième sous-sol qui lui permettait de faire des recherches sur une machine à voyager dans le temps. Enfin le troisième papier contenait une anecdote sur un tremblement de terre qui avait enseveli la partie droite de l'habitation.

Après cette découverte j'ai donné les papiers à mon frère pour qu'il puisse les étudier et qu'il me dise son opinion sur le sujet. Par la suite mon frérot me remercia pour avoir partagé les *informations que j'avais trouvées et il les mit dans son coffre. Les travaux avançaient bien, jusqu'à un certain soir de novembre où il fit la découverte de la machine.*

- *Comment expliquez-vous votre mort ?*
- *Ma mort remonte il y a 3 ans. Mon frère voulait prendre la machine à remonter le temps et changer le cours des choses.*

Entre autre il voulait prendre l'engin pour pouvoir aller dans le passé avec l'intention de piller des banques et revenir dans le présent avec un maximum de sous pour pouvoir devenir le maître du monde. Il y a un proverbe qui dit : « Si tu anéantis le passé tu contrôleras le futur ».

Quand j'ai découvert ses plans, j'ai détruit le mécanisme de son appareil et je me suis enfui en direction des marais. Pendant plusieurs jours il entreprit de réparer la machine, mais ses tentatives furent vaines, car en m'exilant dans les marécages j'avais pris une pièce de la machine.

Il se rendit compte de la supercherie et il entama des recherches pour me reprendre le morceau de métal. Ce petit jeu de chat et de la souris dura une éternité mais un jour il me rattrapa. Comme je refusai de lui rendre son précieux objet, il sortit de son blouson un pistolet en me demandant pour la dernière fois de lui rendre ce qui lui appartenait.

Mais sans prendre le temps de lui répondre je pris mes jambes à mon cou ! J'avais à peine franchi un bosquet de feuillus que je me retrouvais la tête la première dans la mélasse, je ne bougeais plus. Il m'avait tiré une balle dans le dos !

Les premiers temps je ne comprenais pas pourquoi j'étais toujours là. Plus le temps passait et plus je me posais des questions. Puis un beau jour, j'ai trouvé. Je n'étais pas enterré correctement ! Voilà pourquoi j'étais toujours là. Et c'est comme ça que j'ai compris que j'étais devenu un fantôme. Voici la fin de mon histoire.

- Il est vraiment compliqué votre récit.
- Monsieur Alexandre venait à peine de terminer son récit que le capitaine revenait nous voir et nous dit :

– *Reculez et ne faites pas les malins.*

– *On ne bougera pas capitaine !*

– *Cela vaudrait mieux pour vos matricules.*

Il s'adressa à son soldat :

– *Emile, enlève-toi de cette porte, je vais conduire ces prisonniers devant le maître.*

– *Le dénommé Emile s'exécuta et le capitaine pu ouvrir la grille.*

– *Votre chien doit rester là.*

– *Mais...!*

– *C'est un ordre.*

On se plia à l'ordre et Benji resta dans la cellule. Puis le capitaine nous ordonna de le suivre. Nous marchions en silence, et après de nombreux couloirs successifs on se retrouva devant une porte. Le capitaine frappa et on entendit :

– *Entrez !*

Il nous fit pénétrer dans la pièce et referma la porte derrière nous. L'étranger nous présenta deux sièges qui se présentaient sur notre droite en nous invitant à nous asseoir. Comme nous ne bougions pas d'un pouce, il nous toisa de haut, en demandant à son subalterne de nous obliger à poser nos postérieurs sur les deux sièges inoccupés.

– *Je vous ai fait venir car j'avais des questions à vous poser.*
– *Et si nous ne voulons pas répondre ?*

Il ignora notre question et poursuivit.

– *Je voudrais savoir comment vous avez fait pour trouver cette maison ?*
– *Par pur hasard.*

– *Admettons ! Ça vous prend souvent de vous mêler des affaires des autres ?*

– *Ah Monsieur, ce n'est pas notre faute : on n'a pas demandé à être enfermés dans une cellule.*

– *Là je ne vous crois pas, et je vais vous dire ce que je pense. Je vous soupçonne de travailler pour le gouvernement et d'être venus ici, dans le seul but de contrecarrer mes plans. Qu'est ce que vous pensez de ma théorie ?*

– *Je peux vous répondre que nous ne savons pas de quoi vous voulez nous parler et je dirais même plus, que tout ceci n'est qu'un tissu de mensonge.*

– *Maudit sois-tu, vermine ! Grogna-t-il à notre intention.*

– *Comme vous l'a dit mon ami, nous ne comprenons pas pour quelle raison nous nous trouvons enfermés dans un cachot, surtout sans une explication de votre part.*

– Je ne vous donnerai aucun renseignement qui puisse satisfaire votre curiosité. Ramenez-les dans leur cage capitaine. Je déciderai de leur sort plus tard.

Quelques minutes plus tard on se retrouva dans notre geôle. Une fois entrés mon chien nous fit la fête. Quant à Emile il regagna son poste.

– Ha ! Vous revoilà. Où vous étiez partis ?
– On nous a emmenés dans une autre pièce pour retrouver votre frère.
– J'espère qu'il ne vous a pas fait de mal.
– Heu ! Non, ça ira pour le moment. Il nous a fait regagner notre cellule uniquement pour réfléchir sur notre sort.
– Pour vous remercier de bien vouloir m'aider à retrouver la paix, je suis disposé à vous aider. Que puis-je faire pour vous ?
– Nous souhaiterions sortir de cette prison.

– Je peux juste faire peur au garde et après c'est à vous de vous débrouiller.

– Marché conclu Alexandre !

Après avoir lâché quelques insultes innocentes qui laissèrent notre garde de marbre, je finis par exploser :

– Ton père est l'esclave des esclaves, fils d'un crapaud visqueux, ta mère est une citrouille.

Mes paroles firent mouche. Il bouscula sa chaise et attrapa son trousseau de clefs et ouvrit la porte à grande volée. Mais à peine était-il rentré qu'il repartit en courant tout en criant :

– Un fantôme ! Au secours !

Heureusement, il nous avait laissé les clefs de la cellule. Je me tournai vers le fantôme :

– *Merci de votre aide cher ami.*

– *Je vous en prie c'est vous que je dois remercier. Hâtez-vous de partir et soyez assurés de ma reconnaissance éternelle, mais n'oubliez pas notre pacte !*

– *Je peux vous assurer que nous le tiendrons Monsieur Westwood.*

– *Bien ! Partez avant que mon frère envoie un troupeau de gardes.*

Alexandre avait raison il ne fallait pas s'enraciner car la prochaine fois que nous nous ferions pincer nous aurions de très gros ennuis. Il nous fallait retourner du coté de la herse, c'était notre seule chance de nous en sortir.

Je sortis la lanterne de mon sac et je l'allumai avec une allumette que j'avais également sortie et on se dirigea en direction de la grille en quatrième vitesse. Après avoir traversé quelques dédales on se retrouva devant la herse. La lampe éclairait le boyau et on s'aperçut que sur la droite du tunnel il y avait trois manettes qui permettaient sûrement d'ouvrir le passage.

Quant nous avions franchi cette porte pour la première fois, je ne me rappelais pas les avoir vues.

Je suppose qu'elles se trouvaient dans l'ombre, car nous l'avions franchie sans lumière.

- Arrêtons de parler et concentrons-nous sur ce code. Tu veux bien ? Pendant que tu t'exerces au décodage, je vais surveiller le couloir avec ton chien.
- Fais attention quand même…
- Ne t'inquiète pas, je suis sûre que Monsieur Alexandre n'est pas très loin.
- Si jamais tu as des problèmes appelle-moi !
- Entendu JB !

Pendant que Magalie partait vers le bout du couloir, j'ai commencé à étudier les manettes pour essayer de comprendre le mécanisme. Après un temps d'étude je posai ma main sur la première manette et l'abaissai. Je fis la même chose avec la deuxième et la troisième, mais rien ne se passa.

Ma deuxième tentative fut de remonter la première et la dernière manette, mais je n'avais toujours aucun résultat.

Au bout de quelques essais malchanceux je trouvai un code qui permit de faire remonter la grille d'un ou deux centimètres. Bien sûr, c'était insuffisant pour qu'on puisse passer. Alors j'ai essayé de faire une autre tentative qui échoua et fit retomber la grille à sa position initiale. Sur cette constatation je poussai un de ces jurons que Magalie entendit et elle me demanda :

– *Alors, tu l'as trouvé ce foutu code ?*

– *Pas tout à fait, j'ai trouvé un code qui a fait lever la grille de deux centimètres.*

- *Et bien grouille-toi de le trouver, car ils sont au bout de l'autre couloir.*

- *Je fais ce que je peux, mais je vais venir te rejoindre pour les prendre par surprise. Combien sont-ils ?*

- *Je n'en vois que deux et ils sont armés d'une épée.*

- *Bien ! Je suis soulagé qu'ils ne soient que deux, on va pouvoir élaborer un plan d'attaque.*

- *Tu peux me faire part de ton plan ?*

- *Avec joie.*

Donc je lui expliquai qu'il fallait se mettre chacun d'un côté de l'ouverture et se positionner d'une certaine façon. C'est à dire se mettre dos au mur avec le bras en forme de L.

- *Tiens ! prends ce couteau avec ce gant.*

- *Qu'est que tu veux que j'en fasse ?*

> – *Tu mets le gant et tu tiens le couteau par la lame en guise de massue et tu te positionnes comme je t'ai expliqué. Je te ferai signe quand tu pourras abaisser ton bras en donnant un ...*

Magalie m'interrompit pour me signaler que nous n'allions pas tarder à avoir de la visite et que nous ferions mieux de nous dissimuler dans l'ombre. Il ne nous restait plus qu'à attendre qu'ils viennent.

Notre attente ne fut pas longue. Quelques minutes plus tard on vit apparaître une lumière qui était diffusée par une lanterne qui vacillait au moindre souffle car elle ne possédait sûrement pas de vitre de protection. Soudain on les vit sur le pas de l'entrée... ils avancèrent d'un ou deux pas et c'est à ce moment là qu'on bondit comme des fauves qui veulent attraper leur proie. Surpris, ils n'ont pas eu le temps de réagir et on en profita pour les mettre KO. Ils s'effondrèrent d'un bloc et sans le moindre bruit.

On était enchantés de notre nouvelle victoire sur nos ennemis. Mais on ne resta pas très longtemps à contempler notre succès et c'est pour ça qu'on se débina à toute vitesse car quand ils allaient reprendre leurs esprits ça allait être vraiment notre fête.

On s'arrêta quelques mètres plus loin pour ouvrir la première porte qu'on trouva. Heureusement elle n'était pas fermée à clef ça nous a facilité la tâche car nous n'avions pas le temps de la crocheter. Une fois entrés on referma la porte derrière nous. En la refermant elle émit un grincement à faire envie à tous les réalisateurs de films à suspense.

> — *C'est bien notre chance avec ça, ils vont savoir que nous sommes dans cette pièce !*

> — *Tu as peut-être raison, mais nous allons faire en sorte qu'ils ne nous ne trouvent pas. Je vais t'expliquer mon stratagème.*

– Dac ! Mais accouche vite car ils ne vont pas rester inanimés très longtemps.

– Je vais essayer de te résumer. Je pense les berner en cassant cette vitre, en prenant cette chaise pour faire croire que nous nous sommes enfuis par là, et ensuite on se planque vite dans le placard que voici.

– Pour nous je te suis, mais Benji tu en fais quoi ? Ils vont le voir en entrant !

– Il va se planquer sous le bureau et n'en bougera plus. Tu le connais, quand je lui dis de rester sur place il m'écoute, enfin la plupart du temps.

– Je sais qu'il a son petit quart d'heure de folie comme tout le monde...

Benji et Magalie allèrent se planquer les premiers, pendant ce temps je prenais la chaise et l'envoyais valdinguer contre la vitre qui se brisa en mille morceaux en faisant un bruit de tous les diables.

Le brisement me permit de rentrer dans le placard sans éveiller le moindre soupçon de l'endroit où nous nous trouvions. Il ne nous restait plus qu'à nous tenir à carreau et attendre le bon vouloir de ces gardes de malheur.

Nous trouvions le temps long dans notre planque, je m'apprêtais à sortir pour me dégourdir les jambes et même aller me rendre compte de leur état pour savoir s'ils avaient repris leurs esprits. Juste au moment où j'allais sortir je fus interrompu dans mon élan par la porte qui grinça.

– Regarde ! Ils sont passés par la fenêtre, allons prévenir le seigneur !

– Tu vas te rendre chez le patron.

– Et toi ?

– Je vais les poursuivre à travers ces pièces.

– Bien comme tu veux capitaine, mais sois sur tes gardes.

– T'en fais pas Emile je serai prudent.

Pendant que l'un allait voir leur chef, l'autre se mettait à notre recherche, euh... enfin il croyait nous poursuivre ! Comme nous ne pouvions pas sortir par la porte je proposais à Magalie de devenir les pourchasseurs au lieu d'être la cible.

> – Je te suis, mais soyons prudents car il peut revenir par ici. Et plus on tarde et plus nous avons de la chance de le revoir par ici.

Elle ne se trompait pas en disant que nous n'allions pas tarder à l'avoir sur le dos car cinq minutes plus tard, on perçut ses pas qui se reprochaient vers nous. Je n'attendis pas de le voir dans le blanc des yeux pour pousser Magalie dans un recoin ombré de la pièce. On ne sait pas pour quelle raison nous entendîmes le capitaine pousser un cri de terreur. Il passa devant nous sans nous prêter la moindre attention, comme si la peur lui avait fait perdre la vue. Même quand mon chien lui mordit les fesses, il ne réagit même pas et continua à marcher en direction de la porte. Il attrapa la poignée de celle-ci en restant quelques minutes en suspend, puis au bout d'un moment il se décida à l'ouvrir et la franchit pour disparaître dans le couloir. Après sa disparition Magalie me posa une question.

–   Pourquoi le capitaine est dans cet état ?

Je n'eus pas le temps lui de répondre car Monsieur Alexandre me coupa la parole :

–   Je suis le responsable de son comportement.
–   Je suppose qu'il va se souvenir de tout ?
–   Ne craignez rien il reprendra ses esprits dans trois ou quatre heures.
–   Bien ! Mais comment vous ….
–   Je lui ai tout simplement inculqué ces paroles : "Je vous ordonne de prévenir

votre chef qu'ils sont de nouveaux enfermés dans une cellule."

Nous étions rassurés de savoir que nous avions une chance de pouvoir sortir de ce guêpier. L'étape suivante étant de trouver le code qui permettait l'ouverture de la herse. Après une demi-heure de recherche je trouvai enfin la bonne combinaison et la grille se leva aux 3/4.

   – J'ai réussi ! tu peux prendre le bâton qui se trouve à quelques pas de toi s'il te plait ?

   – Je l'ai, mais que veux-tu en faire ?

   – Viens et je vais t'expliquer.

Magalie se rapprocha et me tendit l'objet. Je lui expliquai le fonctionnement de la deuxième tranche de mon plan.

   – Bien nous allons passer la grille, et avec le bâton que tu m'as rapporté, je vais défaire *le code comme ça la herse retombera à son point d'origine et ça bouchera le passage.*

– *Bien ! Maintenant la suite du programme mon capitaine.*

– *Procédons par étapes si tu veux bien ?*

– *Sans problèmes.*

Une fois la grille refermée, on emprunta l'escalier qui nous avait permis d'atterrir dans ce trou. Durant l'ascension des marches, on déclencha un mécanisme qui fit remonter le mur à son point d'origine. Le claquement du mur me fit sursauter et on se retourna en s'esclaffant de joie.

– *Génial ! un obstacle de plus pour nos poursuivants !*

– *Tout à fait.*

Notre joie fut vite effacée ! Nous nous trouvions en bas d'un toboggan... Il fallait faire vite, et ce problème majeur n'allait pas se régler tout seul. Soudain une lumière submergea l'esprit de Magalie : elle me demanda si je possédais toujours le grappin et si oui : nous pouvions nous en servir pour l'ascension de l'obstacle.

Quelle bonne idée ! Nous commençâmes à monter, mais plus je grimpais et plus mon cœur battait car je ne savais pas si la pièce où nous avions dormi était toujours vide et si ce n'était pas le cas... on aviserait ! Mais dans le cas contraire, on serait heureux d'avoir réussi à sortir de cette bicoque de malheur. Tout en continuant à penser, je me retrouvai en haut de la glissière, en restant agrippé à la corde de la main gauche, et de l'autre, je commençai à ouvrir prudemment la trappe en jetant un rapide coup d'œil pour savoir si la voie était libre. Comme je ne vis pas âme qui vive, j'en profitai pour prendre pied sur le plancher, suivi de très près de Magalie et de Benji. Une fois le grappin décroché, on remonta la corde en l'enroulant pour la remettre dans mon sac et on *referma la trappe, en faisant le moins de bruit possible, pour éviter d'attirer l'attention. Toujours sans le moindre mouvement brusque, on réemprunta l'escalier qui allait nous conduire à notre liberté. On atteignit le bas de l'escalier sans encombre et on se dirigea directement à la chambre où nous nous étions réveillés. Cinq minutes plus tard on y était, mais quelle surprise lors de notre arrivée : on trouva la porte fermée à clef ! Enfin en apparence...*

- *Pourquoi cette porte est-elle fermée et pour quelles raisons ?*
- *Je n'ai pas de dons de voyance, alors je n'en sais pas plus que toi !*

C'est mon chien qui coupa court à notre petite dispute amicale en aboyant une fois pour nous dire que ce n'était pas le moment, et qu'on ferait mieux de chercher une issue au plus vite.

- *On pourrait défoncer la porte.*

– Non, trop risqué ! Ça ferait un boucan de tous les diables ! Réfléchis un peu JB !

– Moi, ce que j'en disais... mais tu as raison. On pourrait faire autrement en essayant de la crocheter.

– Bonne idée ! Mais ça nous prendrait plusieurs minutes et justement nous n'avons pas ce temps.

– Alors je te propose que Benji cherche une porte dérobée dans la cloison.

– Bien voilà une sublime trouvaille !

– Allez Benji, cherche, cherche mon chien !

Je n'allais pas laisser Benji travailler tout seul et je me suis mis à tapoter les murs à la recherche d'un son qui pourrait sonner creux. Après l'auscultation de la plupart des murs, je ne trouvais rien. J'allais me décourager quand Benji me prit la manche et me conduisit devant un grand mur.

– C'est vrai que nous aurions dû crocheter la porte, on aurait peut-être avancé plus vite.

– Avec des " si ", on pourrait mettre Paris en bouteille, maintenant si tu veux bien, concentrons-nous sur ce panneau.

On avait beau sonder le mur dans tous les angles, on ne trouva aucun bouton à pousser ou à tirer. Durant notre recherche, mon chien commençait à se désoler : il en avait marre de nous voir déconcertés, alors pour nous redonner du courage, il posa ses pattes sur le battant et commença à gratter doucement pour éviter de laisser les traces qui pourraient compromettre nos chances de passer inaperçus.

– Mais que je suis bête ! Pourquoi je n'y ai pas pensé plus tôt ! Merci Benji, tu m'as fait trouver le moyen d'ouvrir cette cloison.

– *Vas-y, éclaire-moi.*

– *La porte secrète s'ouvre si on la pousse sur le côté, comme ceci.*

Effectivement, le mur coulissa sans un bruit et libéra un passage qu'on emprunta illico presto.

– *Je bloque la porte secrète, au cas où elle se refermerait ?*

– *Reste avec Benji, deux secondes, je vais voir où mène ce passage, et si tout va bien, tu pourras la débloquer en la repoussant.*

– *Bien, mais fait vite !*

Comme je n'y voyais rien, je pris ma lampe à pétrole qui se trouvait comme toujours dans mon sac que je confiai à Magalie et je commençai mon exploration. Au bout d'une centaine de mètres, je rebroussai chemin pour aller la prévenir que tout était OK. En me voyant, elle ferma le passage et fit volte-face, puis me rejoignit, suivie de mon fidèle compagnon à quatre pattes.

    –   *Tu as pu voir où ça conduit ?*
    –   *Non, on va le découvrir ensemble.*

Nous avancions dans un boyau assez large pour laisser passer deux personnes de front. On marchait d'un pas assez cadencé qui nous permettait de progresser sans trop de difficulté. En franchissant un coude je sentis tout d'abord un courant d'air qui fit frissonner ma compagne et quelques secondes après, mon chien éternua.

    –   *Eh ben, quel froid ! dit Magalie*
    –   *Avec ce froid, on risque d'attraper un rhume.*
    –   *Eh bien, pour y remédier, mettons un pull supplémentaire.*

Comme toujours je suivais ses conseils mais il faut dire aussi que Magalie écoutait mes instructions quand il le fallait. Après un court instant de repos, on se remit à faire fonctionner nos jambes qui reprirent leur cadence de tout à l'heure.

- Pourquoi Benji traîne-t-il ? Ce n'est pas son habitude.
- Peut-être qu'il veut économiser ses forces pour la suite du voyage.
- Ou bien c'est le froid qui le fait ralentir.
- Tu as peut-être raison, et c'est pour ça que je vais lui mettre un de mes pulls, comme ça le problème ne se posera plus.

Je n'étais pas du tout sûr que mon chien accepte d'être recouvert par un vêtement qui pourrait le gêner lors de ses courses. Et bien je me trompais : après de sourds grondements de mécontentement, je pus le lui enfiler. Malgré ce que j'en pensais, il était tout content de pouvoir se réchauffer avec mon habit qui lui faisait comme une double peau de protection. Nous étions tout contents de le voir gambader devant nous. De plus, ça nous a permis de nous arrêter un instant avant de le suivre dans ses mouvements.

Nous avions perdu du temps à couvrir mon chien, nos ennemis avaient pu rattraper un peu de leur retard, mais pas suffisamment pour nous rejoindre. Ils avaient la rage au ventre car le chef les avait menacés de leur ôter la vie s'ils ne nous retrouvaient pas.

Pendant que nous poursuivions notre chemin, on ne se doutait pas que les soldats avaient pu franchir l'obstacle de la grille et se dirigeaient vers le toboggan qui s'était retransformé en escalier après notre passage. Donc ça leur donnait un avantage incertain, je dis incertain parce qu'il leur restait un obstacle à franchir et ce n'était pas une mince affaire. S'ils connaissaient ce passage nous serions vite rattrapés, mais dans le cas où ils ne le trouveraient pas, nous aurions toujours un grand avantage sur nos poursuivants.

Comme nous ne voulions pas que l'avance que nous avions prise ne décroisse considérablement, on se mit à accélérer et notre cadence nous permis de nous retrouver au bout du tunnel sans nous en rendre compte. Mais le boyau était obstrué par une grille qui faisait office de porte. Les gonds et la serrure de cette petite porte était si rouillés que même en poussant de toutes nos forces, on ne parvint pas à l'ouvrir.

- Comment allons-nous faire pour déverrouiller ce tas de ferraille enchevêtré ? questionna Magalie !
- J'ai peut-être une idée.
- Je suis ouverte à toute suggestion.
- On peut essayer de prendre le pétrole et de badigeonner les gonds.
- On peut toujours tenter le coup.

Je sortis la recharge de mon sac, et je commençai à asperger les gonds. Au bout de maintes manipulations on commença à faire bouger la grille juste assez pour qu'on puisse passer. L'obstacle passé, je refermai soigneusement le battant en prenant soin de bloquer la grille avec de grosses pierres que nous avions trouvées un peu plus loin. Sans s'expliquer le pourquoi du comment, on se retrouva à l'endroit même ou nous nous étions séparés la veille. C'est à dire au croisement où nous avions aperçu l'hologramme de la soi-disant hyène. Notre joie dépassa tout ce que nous pouvions imaginer car nous étions libres d'aller où bon nous semblait.

Mais la réalité revint à nos esprits en nous rappelant qu'il ne fallait pas se reposer sur nos lauriers. Nous fîmes halte un instant pour reprendre notre souffle après avoir couru pour s'éloigner le plus rapidement possible de la maison de Monsieur Alexandro.

Nous atteignîmes bientôt la percée où un gigantesque arbre centenaire s'était écroulé, formant la si belle trouée de lumière dans l'épaisse voûte de feuillage. On se reposa, blottis sous le tronc d'arbre. Nous nous étions un peu assoupis quand le cri tout proche d'un hibou nous fit sursauter ! En frottant mes yeux pleins de fatigue je dis :

– Tu vas te taire sale oiseau de malheur !

– Pourquoi tu t'en prends à cet oiseau ? Il ne nous a rien fait.

– A toi tu trouves ! Il a failli me faire avoir une crise cardiaque.

– Ne dramatise pas, il t'a juste réveillé un peu brusquement un point c'est tout.

– Je le reconnais. Je suis un peu nerveux. On ferait mieux de dormir une heure ou deux dans un endroit sec, pour qu'on puisse se reposer sans que quelqu'un vienne nous déranger.

–

On se remit en route à la recherche d'un petit nid douillet. Tout en marchant, je ramassai sur le sol

une petite chaîne en or, ornée de pierres précieuses de toute beauté.

– Tiens regarde ce que j'ai trouvé par terre !
– C'est magnifique !

Après que Magalie ait examiné l'objet en question, je le pendis à son cou et je pensais en mon fort intérieur : Tu es très belle avec ce pendentif... à la seconde même Magalie se retourna et me fit une bise sur la joue en me disant :

– Merci pour le compliment !

Je suis resté bouche bée quand elle m'a dit ça. Je ne pensais pas qu'elle puisse me comprendre.

– Mais comment as-tu fais pour deviner ma pensée ?
– Parce que je te connais bien et j'ai deviné tes paroles.

– *Alors là, tu me sidères !*

– *N'oublie pas que premièrement, ça fait 10 ans qu'on se connaît tous les deux et que, deuxièmement, je me suis rendu compte des sentiments que tu éprouves pour moi.*

– *Je crois que je me suis fait avoir sur ce coup-là... Depuis quand tu me soupçonnes ?*

– *Il y a bien longtemps déjà.*

– *Tu éprouves la même chose à mon égard ?*

– *Bien sûr que j'ai les mêmes pensées !*

La déclaration de Magalie m'avait laissé sans voix, et pour me remettre, je m'occupai à trouver un abri suffisant pour nous trois.

– *Je te propose de grimper jusqu'en haut des arbres pour nous rendre compte du chemin à suivre.*

– *Je t'en prie à toi l'honneur de jouer à la grimpette.*

Donc, comme dans la maison je pris mon chien sur mes épaules et nous commençâmes à monter. Nous atteignîmes enfin le sommet et nous constatâmes que des lianes étaient si bien entrelacées aux branches qu'elles formaient un pont naturel.

– *Nom d'un chien ! Il fait moins chaud à cette hauteur.*

– *J'espère que tu n'as pas le vertige Magalie car nous allons emprunter ce passage !*

– *Heu ! Non ! Je commence à avoir l'habitude de jouer avec toi à des missions de haute voltige. De plus les gardes auront du mal à nous retrouver.*

Sur ses paroles je détachai mon chien et nous commençâmes à marcher sur la passerelle aérienne. Jusqu'au moment où elle céda brusquement à cause de nos trois masses réunies. En se cassant, elles nous projetèrent à 6 ou 7 mètres en contrebas. Nous nous sommes mis à crier de toutes nos forces, en souhaitant de ne pas tomber sur un sol dur comme de la pierre.

Heureusement, nous atterrîmes, si on peut dire, au milieu de marais infestés de gros moustiques qui ne piquent pas. Nous avons rapidement réussi à retrouver la terre ferme.

Nous marchions depuis 20 minutes quand soudain je fis un faux pas et je glissai dans une mare d'eau croupie. J'avalai par mégarde une gorgée de ces flots pourris. Je sortis tout en crachant et en toussant cette saleté d'eau. Mon bain forcé ne passa pas inaperçu pour tout le monde car Magalie se mit à rire de toutes ses forces. Je ne tardai pas à la rejoindre dans son éclat de voix et mon chien se mit à japper. Suite à cette rigolade nous traversâmes une barrière de broussailles qui bordait le marais et qui nous conduisit sur une piste qui longeait la surface des eaux, périodiquement dérangée par des bulles de gaz nauséabonds. Des insectes volaient au-dessus des eaux dormantes et la végétation était recouverte de moisissures jaunâtres.

On n'avait plus qu'à se changer et à faire du feu pour nous sécher, nous et nos vêtements.

> – Je propose que nous sortions de ces marais pour faire ce que tu as dit ?
> – Oui ! bonne idée... Car si on se change maintenant nous risquons de nous remouiller et nous n'aurons plus rien de sec pour la suite de nos aventures.

Aussitôt arrivés sur la terre ferme à l'abri des regards indiscrets on se changea le plus rapidement possible. Puis je pris une serviette dans mon sac qui était étanche bien entendu et je séchai mon chien énergiquement pour qu'il n'attrape pas un virus quelconque. On marchait depuis un moment déjà, quand nous aperçûmes les eaux se déplacer et des yeux apparurent à la surface et nous regardèrent. La chose se mit à parler et nous dit que nous étions les bienvenus dans ses marais. Abasourdis, nous mîmes deux bonnes minutes avant de répondre :

- Qui êtes-vous ?
- Je suis Grabouille, la salissure des eaux.
- De la boue qui parle c'est nouveau ça ! Depuis combien de temps êtes-vous dans ces marécages ?
- Ho là ! Ce n'est pas tout jeune, j'existe depuis la nuit des temps.
- Je serais curieux de savoir comment on vous a créée ?
- Je vais vous raconter ma petite histoire.

Je lui répondis que nous n'avions pas beaucoup de temps car nous étions poursuivis par des gardes. Mais malgré tout nous pouvions écouter son histoire et c'est pourquoi on s'assit confortablement sur l'herbe avec Benji. Un moment plus tard elle commença :

– *Un jour un magicien fit une formule magique et pour la tester il se rendit dans ces marécages et commença à débiter sa formule. Mais seulement il se trompa et intervertit un mot parce qu'il n'avait pas écrit la formule. Au lieu de créer un tourbillon d'eau, il transforma l'eau en boue vivante et c'est ainsi qu'il m'a créée.*

– *Je suis vraiment impressionné. Donc vous avez peut-être vu Monsieur Westwood tuer son frère dans ces mêmes lieux ?*

– *Monsieur Westwood vous dites ? Ah oui, je m'en souviens ! ça s'est passé à quelques lieues d'ici.*

– *Vous pouvez nous y conduire si vous plait ?*

– *Pourquoi voulez- vous aller dans cet endroit ?*

– *On n'a pas le temps de vous expliquer car nous sommes pressés par le temps.*

– *Soit, je vous conduis.*

Nous étions sur le point de partir quand au loin nous aperçûmes les gardes. En une fraction de seconde on prit nos jambes à notre cou, tout en suivant Grabouille. Au bout d'un moment on s'arrêta car nous étions arrivés sur les lieux du drame. On mit quelques minutes pour trouver le bon squelette et après maintes recherches on le trouva derrière un bosquet. Je ne m'attardai pas avec des explications, je me mis accroupi et je commençai à creuser un trou et je dis :

- *Magalie tu peux m'aider à le mettre dans sa tombe ?*
- *Oui bien sûr.*

Quelques minutes plus tard on le vit apparaître pour nous dire merci.

- *Avant que vous ne disparaissiez, nous voudrions éclaircir certains faits qui se sont déroulés les jours précédents.*

– *Je vous dois bien ça.*

– *Nous voulons savoir si c'est vous qui nous avez guidé jusqu'à la maison ?*

– *Oui !*

– *Je suppose que c'est vous qui avez fait apparaître l'hologramme et c'est grâce à la fléchette que j'ai reçue que la trappe s'est ouverte ?*

– *Pas tout à fait exact jeune homme. J'ai fait une diversion pour que vous croyiez que c'était la fléchette qui avait ouvert la trappe. En fait vous avez reçu le dard pour éviter que vous regardiez dans la mauvaise direction. Pendant que vous vous concentriez sur la statue j'ai ouvert la trappe.*

– *Pourquoi nous ?*

– *Par ce que j'ai tout de suite vu que vous étiez honnêtes et que vous accepteriez de m'aider.*

– *Et si on avait refusé ?*

– J'aurais attendu encore et encore. Mais
heureusement ça n'a pas été le cas.

C'est sur ces paroles qu'il disparut en poussière...
Voilà nous avions tenu notre promesse.
Maintenant il fallait se presser car les gardes
n'étaient pas bien loin.

– Grabouille savez-vous comment on rejoint
le village le plus proche ?

– Je peux vous dire qu'il faut continuer dans
cette direction.

– Nous vous remercions pour tout.

Il nous souhaita bon courage et il repartit d'où
nous venions. Il ne nous restait plus qu'à suivre la
direction indiquée. Peut-être une heure plus tard
on arriva en haut d'une colline. Nous regardâmes
au pied de la falaise les vagues se briser en
grondant sur les rochers en formant des gerbes
d'écumes.

– Ils arrivent !

– *Mais comment ont-ils fait pour nous rattraper ?*

– *Je ne sais pas moi ! Tu me poses de ces questions.*

– *Pourtant nous avons brouillé nos pistes.*

– *Peut être qu'ils ont lancé leur chien sur nos traces !*

– *Bon ! Avec des si on mettrait encore Paris en bouteille, alors nous avons une seule solution : c'est de sauter dans l'eau avec beaucoup d'élan pour éviter de se fracasser les os sur les rochers en contrebas.*

– *A non ! Pas encore !*

– *Tu peux rester avec les méchants si tu le souhaites, quant à moi je préfère le grand plongeon.*

– *Très bien je vais te suivre encore une fois.*

Nous élançâmes et nous criâmes en même temps : Banzaï ! Nous fîmes un grand plouf ! Après notre saut forcé nous revînmes à la surface pour narguer nos poursuivants et on les entendit :

— Vous ne perdez rien pour attendre !

*____*____*____*____*____*

9

Mr BADGER PHILIPPE

Je pris ma corde et je la lançai sur les cailloux et nous rejoignîmes mon chien sur la plage.

- Nous devons nous trouver des vêtements afin de passer inaperçus pour nous rendre au village.
- Et où veux-tu trouver de telles affaires je te prie ? demanda Magalie effarée.
- Continuons à marcher le long de la plage, nous trouverons bien une vieille bicoque abandonnée et peut-être, par chance, ce que nous cherchons.

Tout en continuant à marcher sur le rivage, nous aperçûmes dans un premier temps, une chaloupe échouée sur la plage offrant un de ses flancs au soleil. Ce flanc ainsi exposé laissait apercevoir un filet. Après nous en être approchés, nous avons vu que la chaloupe contenait aussi du matériel de pêche comprenant des hameçons, du fil de pêche, des plombs... Sous le filet se trouvait une montre à gousset attaquée par le sel. Cette montre était d'allure ancienne, courant XVIIIème siècle sûrement... Après avoir remonté son mécanisme, les aiguilles se mirent en mouvement à notre grande joie.

- Voilà tout ce dont nous avions besoin pour attraper de jolis poissons ! Prenons ce matériel, il nous sera peut-être utile. Il serait peut-être aussi plus prudent de pousser cette barque à l'abri des arbres.
- Pourquoi ?
- Parce que nous pourrions en avoir besoin plus tard.
- D'accord, mais il faudra penser à boucher ce trou si on veut l'utiliser.
- On pourra s'en occuper plus tard, quand on aura le matériel adéquat

La barque glissa sans problème sur le sable fin jusqu'à la lisière des feuillages. Forts de nos *trouvailles, nous avons continué à marcher le long de la plage pendant une heure. Après cette marche, nous sommes tombés en arrêt sur une trouée dans les feuillages laissant apparaître le toit d'une chaumière. La curiosité nous poussa à nous en rapprocher. La distance qui nous en séparait fût vite parcourue. Cette bâtisse était de construction assez récente, ce qui laissait à croire qu'elle était habitée. Sur cette considération, nous décidâmes de frapper à la porte.*

— *Toc, toc, toc ...*
— *Il y a quelqu'un ?*
— *Tu vois bien qu'il n'y a personne.*

Alors que nous repartions, nous entendîmes la porte s'ouvrir en grinçant. Nous nous retournâmes en même temps. La porte laissa place à un homme de taille moyenne, blond, les yeux foncés, typé européen, vêtu de longues guêtres et d'un ciré. Ses lèvres se mirent en mouvement.

– *Que voulez-vous jeunes gens ?*

– *Heu...*

Pendant ma confusion le pêcheur aperçut la montre gousset que je tenais à la main. Sa réaction ne se fit pas attendre.

– *Où avez-vous trouvé cet objet ?*

– *Nous l'avons trouvé dans une chaloupe échouée sur le rivage à une heure de marche d'ici.*

– *C'est qu'il me semble que cette montre gousset m'appartient, ma chaloupe a cassé son amarre il y a une semaine.*

Après lui avoir demandé de nous décrire sa chaloupe je lui remis son bien.

– *Merci de m'avoir retrouvé ma montre car ces derniers jours je vivais hors du temps.*

– *Nous sommes heureux de vous avoir rendu service.*

– *Est-ce que vous savez dans quelle direction se trouve le village le plus proche ? dit Magalie.*

– *Vous continuez vers le Nord et vous allez tomber au bout de la plage sur un chemin qui grimpe sur la colline et vous continuerez toujours vers le nord.*

– *Je vous remercie pour tous ces renseignements et nous n'allons pas vous déranger plus longtemps : nous avons une longue marche qui nous prendra toute la journée.*

– *Attendez ! Je serai heureux de vous recevoir chez moi pour vous remercier d'avoir retrouvé ma montre.*

– *Non, non ! Nous ne voulons pas vous ennuyer M.... Monsieur ?*

– *Mon nom est Philippe Badger. J'insiste, s'il vous plait...*

– *Entendu, nous acceptons. Je suis Jean Benoît Jackson et voici mon amie Magalie Reynolds.*

Nous entrâmes et il nous invita à prendre le thé.

– *Nous vous remercions pour la collation.*
– *C'est tout à fait normal. Grâce à vous je ne vais pas perdre la boule pour avoir égaré ma montre.*
– *Je suis bien embêté de vous demander ça...*

Il me coupa la parole.

– *Je sais ce que vous allez me poser comme question.*
– *Comment vous faites ?*
– *J'ai un don de lire dans la pensée des gens et la chose que vous allez me demander est : le moyen de sortir de cette plage pour pouvoir aller au village déguisés en*

paysans, pour éviter de vous faire prendre par les gardes. Est-ce exact ?

– Tout à fait hallucinant ! vous aviez bien deviné à une chose près...

– Ah oui laquelle ?

– Je voudrais vous demander si on peut vous louer des chevaux et on vous les rendra plus tard quand nous reviendrons vous voir.

– Je suis d'accord pour vous prêter mes juments et des vêtements, mais vous me surprenez car d'habitude je devine toujours tout. Comment vous avez fait ?

– J'ai évité de penser à la fin de ma question tout simplement.

– C'est bien joué petit, tu apprends vite !

– Je vous remercie pour le compliment.

Nous avons continué à discuter de la pluie et du beau temps, tout en finissant notre tasse de thé. Une heure plus tard nous décidâmes de nous *diriger vers la grange de notre ami pour pouvoir sceller les chevaux.*

- *On reviendra vous voir dans 1 ou 2 jours, le temps que la traque soit enfin arrêtée. Je peux vous demander de garder mon chien en attendant notre retour ?*
- *Je serai heureux de vous rendre ce service. Je vous attendrai avec impatience mes amis et je vous souhaite une bonne route. En espérant que vous ne vous ferez pas prendre par ces gardes de malheur.*
- *Et pour les vêtements ?*
- *Ah oui ! je dois avoir ça dans mon grenier.*

Nous attachâmes nos chevaux à la rambarde. Un moment après on monta dans le grenier et nous retrouvâmes notre ami en train de chercher des vêtements qui pourraient nous convenir.

- *Tenez, je crois que c'est vos tailles.*

‑ Merci !

Nous nous changeâmes chacun de notre côté et nous redescendîmes ensemble dans le salon. Puis nous dîmes au revoir à notre hôte en lui promettant de revenir bientôt. Avant de partir je pris la tête de mon chien entre mes mains pour le rassurer et lui expliquer que nous serions bientôt de retour.

‑ *Merci, pour tout Monsieur Badger.*

Nous partîmes au grand galop sur nos montures, en laissant mon chien auprès de Philippe. Durant les 20 minutes qui suivirent notre départ nous avons galopé à toute vitesse en direction du bout de la plage.

‑ *C'est chouette de pouvoir parler avec une autre personne que ces foutues sentinelles. De plus Monsieur Badger a été vraiment sympathique.*

– *Je ne dirais pas le contraire Magalie. C'est dommage qu'on soit partis si vite.*

– *Je suis consciente que nous aurions dû rester un peu plus longtemps, j'ai senti que ça lui faisait plaisir d'avoir du monde dans sa maison. Ça doit être ennuyant de ne voir personne pendant des lustres.*

– *Je te rappelle que nous n'avons pas eu le choix, c'est le destin qui a choisi à notre place.*

– *Le destin comme tu dis, nous sommes en train de le modifier en échappant à l'étreinte de Monsieur Alexandro et grâce à ça nous pouvons nous balader à notre guise.*

– *Très bien ton raisonnement est logique.*

Tout en discutant nous étions arrivés au bout de la plage et nous avions pris un petit chemin qui nous conduisit en haut de la colline.

– *Nous revoilà à notre point de départ.*

– *Il ne faut pas dramatiser nous sommes à des lieues de notre point de départ.*

– *J'espère que les gardes ont arrêté les recherches, si non... On n'est pas dans le pétrin !*

– *Ne t'inquiète pas, ils ont suspendu les poursuites, avec le plongeon que nous avons fait, ils nous croient blessés ou pire encore. Alors ne te mets pas la rate au court-bouillon.*

– *Je te remercie pour ton soutien et je suis bien contente que tu sois avec moi, ça me rassure un peu...*

– *C'est un plaisir que je partage.*

Pendant que nous poursuivions notre chemin, nous fûmes alertés par une petite voix qui sortait de je ne sais où.

– *Qu'est-ce que vous faites dans les parages ?* s'inquiéta un vieil homme tout en guenille, assis sur une branche, en train d'éplucher nerveusement un fruit de ses mains aux ongles crasseux.

– *Pour répondre à votre question, on se promène sur ce chemin pour nous détendre un peu avant d'aller au village*

– *Bien ! Bonne journée à vous.*

– *Merci !*

Nous approchions du village par la porte Sud gardée par deux gardes.

– *Qu'est ce qu'on fait ?*

– *Soit on force le passage et on se fait repérer où alors on prend des gants et on les baratine de nos bêtises habituelles et on voit si ça passe.*

– *Je pense que ça serait plus sage de prendre la deuxième solution.*

Nous prîmes notre temps pour arriver devant les sentinelles et nous les entendîmes jargonner quelques mots dans une langue que nous ne parlions pas couramment. Je crus reconnaître un mot d'espagnol.

— Nos comprendeis amigos.

Sur ses paroles ils nous disent un ou deux mots en français.

— Ça va, passez.
— Gracias !

Ils se regardèrent droit dans les yeux, s'interrogeant mutuellement. Nous en avons profité pour nous éclipser un peu plus loin.

— Hé ! Vous ! revenez ici !

– Je ne suis pas d'accord pour retourner les voir, car ils nous ont reconnus et si on leur obéit, nous allons retourner en cabane. Qu'est-ce que tu en penses Magalie ?

– On n'a qu'une chose à faire c'est de foutre le camp au grand galop !

Nous partîmes à toute vitesse sur nos montures et nous tournâmes à la première rue sur la droite. Là, nous attachâmes nos chevaux pour continuer à pied.

– Il nous sera plus facile de les semer à pattes que sur nos montures.

– Réfléchis un peu, comment on va faire pour les récupérer ?

– Ne t'inquiète pas, j'ai ma petite idée à ce sujet. Nous allons tous simplement planquer les selles et les harnais dans cette barrique.

– OK ! Je te suis, mais il faut se manier le train car ils ne vont tarder à nous retrouver.

Nous attachâmes nos chevaux à une des rambardes et nous enlevâmes tout le matériel pour le mettre comme nous l'avions convenu.

Deux minutes plus tard... On se mit à courir et nous entrâmes dans une auberge, en poussant la porte doucement pour éviter de se faire remarquer. Nous pénétrâmes dans une pièce assez vaste avec une dizaine de tables et un comptoir en acajou dans le fond de la salle. Nous nous dirigeâmes vers celui-ci.

– Qu'est-ce que je vous sers jeune gens ? dit le barman

– Vous pouvez nous servir une Monaco et un Coca-cola merci.

– Pour qui le coca ?

– Pour moi ! répondit Magalie.

– *Je pris le verre qui m'était attribué et on alla s'asseoir à une table dans un recoin de la pièce.*

– *C'est cool, on voit toutes les entrées et sorties des clients.*

– *Tu crois qu'ils nous trouveront ici ?*

– *Je ne crois pas. Mais soyons prudents par précaution.*

– *J'espère qu'ils ne trouveront pas notre matériel dans le tonneau.*

– *Parle plus bas, je sens que les murs ont des oreilles.*

Une fois nos verres finis, nous retournâmes au comptoir pour payer notre commande.

– *Combien je vous dois ?*

– *Ça vous fera 176 pesos tout rond jeune homme.*

– *Voilà ! Est-ce que vous avez des toilettes ?*

– *Oui ! Au fond à droite.*

Nous traçâmes notre chemin jusqu'au W-C.

— Comment allons-nous sortir d'ici ?
— C'est facile, on va passer par cette fenêtre.
— Tu es un génie !
— N'en fais pas trop quand même.

Nous étions à peine sortis que nous entendîmes des éclats de voix.

— Où sont passés les paysans qui viennent d'entrer dans ton établissement ?
— Je crois qu'ils ont allés aux toilettes.
— J'espère que tu nous dis la vérité, sinon gare à toi.
— Je vous jure que je ne vous mens pas.

Quant à nous, arrivés à l'angle de l'auberge nous vîmes que nos chevaux étaient gardés par un homme armé d'une épée.

– Nous avons de la chance que l'épée se trouve dans son fourreau et grâce à ça nous allons le prendre par surprise.

– Ah oui ! Comment veux-tu t'y prendre ?

– Hé bien ! Regarde l'artiste à l'œuvre.

Je partis du côté droit, longeant le mur, et j'arrivais au niveau de la sentinelle sans être vu car elle avait le dos tourné. Je me suis glissé derrière ma monture ; puis j'agrippai les rênes de mon canasson et je lui ordonnai de faire une ruade vers l'arrière pour que le garde aille s'empaffer contre le mur d'en face. Dès que le gardien fut mis hors de combat, je parlais à mon cheval :

– Je te félicite ! Tu viens de nous sauver la vie.

– Hii ! Hiii ! Me répondit ma monture.

– Il ne faut pas s'attarder sur une réussite comme celle-ci.

– *J'en conviens Magalie, mais il faut encore remettre la selle et les harnais et ensuite on pourra se diriger vers le marché.*

Après avoir sellé et harnaché nos montures nous prîmes la direction du marché au grand galop.

– *Tu vois, on trouve vraiment de tout dans cette partie du marché.*
– *Il faut faire vite car ils ne vont pas tarder à comprendre que nous nous sommes enfuis par la fenêtre et à ce moment là, ça va être notre fête !*

Magalie venait à peine de terminer sa phrase que les gardes sortaient de la maison et réanimèrent le collègue que mon cheval avait gentiment mis k-o. Pendant ce temps nous étions descendus de nos dadas, et nous les tenions par les harnais tout en visitant les étalages des différents marchands. Nous apercevions tout ce dont nous aurions besoin pour poursuivre notre voyage et nous prîmes les articles suivants : une amulette porte bonheur chacun, des boules flashs, un miroir, des provisions, des potions somnifères.

– *Bonjour, nous vous prenons tout ce matériel.*

– *Bien ! Vous me devez 377 pesos tout rond.*

– *Voici. J'ai une question à vous poser*

– *Allez-y !*

– *Je voudrais savoir s'il y a une légende sur vos amulettes ?*

– *Approchez-vous un peu plus près je vais vous raconter : Je ne sais pas comment vous avez deviné, mais en tout cas les anciens m'ont rapporté que ces bijoux permettent d'ouvrir la caverne d'Ali baba. J'ai essayé de la trouver, mais sans succès, alors j'espère que vous aurez plus de chance.*

– *Merci ! Au revoir.*

Nous reprîmes notre route dans les allées du marché. Après quelques minutes de marche nous nous sommes arrêtés devant une autre estrade. Il nous fallut une bonne minute pour choisir nos articles.

    – *Vous avez choisi ?*

    – *Heu ! Oui, nous allons vous prendre : 5 recharges pour lampe à huile, 20 rouilles actives, deux couvertures pour nos chevaux.*

    – *OK ! ça vous fera 251 pesos.*

    – *Tenez et bonne journée.*

    – *Salut ! Répondit le marchand.*

Je mis toutes ces emplettes dans mon sac et nous remontions sur nos montures justes au moment où j'aperçus les gardes qui entraient dans le marché et soudain...

    – *Attrapez-les !*

A ce moment-là nous partîmes au grand galop jusqu'à la sortie du village.

- *On les a encore bernés.*
- *J'espère qu'ils ont compris cette fois- ci !*
- *Tu penses bien que non ! Ils doivent être fous de rage de nous avoir manqués au marché.*
- *Si tu as raison, nous sommes mal barrés.*
- *On les a mis en échec trois fois, alors on peut recommencer.*
- *OK ! Je ne m'en fais plus, on verra bien ce que l'avenir nous dira.*

Après avoir galopé sur une distance de deux kilomètres, nous nous sommes arrêtés pour pouvoir mettre les couvertures sous les selles de nos chevaux, et ensuite reprendre notre route.
Plus tard nous arrivâmes sur la plage qui nous ramenait directement à la maison du vieil homme.

– Monsieur Badger ! Nous sommes de retour !

– Mettons ses chevaux dans la grange et ensuite nous nous mettrons à sa recherche.

– Entendu ! Pour le remercier on va lui donner les tapis qu'on a achetés pour une bouchée de pain. Ça lui fera un petit souvenir de notre passage chez lui.

– Tu as une bonne idée.

Nous appelons notre ami et nous retrouvons Benji qui était content de nous revoir.

– Monsieur Philippe ! Monsieur Badger Philippe !

– Je suis là.

Nous le trouvâmes en train de tailler ses roses.

– Ha ! C'est vous mes amis, je ne vous attendais pas de sitôt.

– On peut repartir si on vous dérange…

– Non ! Non ! Restez, vous ne me dérangez pas, et faites moi plaisir de ne plus m'appeler Monsieur Badger mais Philippe. OK ?

– Entendu Philippe.

– Voilà qui est beaucoup mieux. Mais entrez, ne restez pas là, vous allez me raconter votre aventure.

Une fois notre récit terminé, je dis :

– Donc, comme convenu, on vient vous rendre votre matériel et vos vêtements. Celà nous a bien servi. Pour vous remercier on vous laisse les couvertures pour vos chevaux.

– C'est très aimable à vous, il ne fallait pas. Je vous les avais prêtés avec bon cœur.

– *Nous n'en doutions pas, mais ça nous fait plaisir de vous les offrir. Comme ça vous avez un petit souvenir de notre passage.*

– *Ça me touche beaucoup.*

– *Il n'y a pas de quoi.*

– *Pour vous remercier je vais vous donner ma barque et le matériel pour pouvoir la réparer.*

– *Mais comment allez vous faire pour votre pêche habituelle ?*

– *Ne vous en faites pas, je vais m'acheter un gros bateau à moteur.*

– *D'accord ! Mais laissez nous vous donner une participation pour votre nouvel achat !*

– *Vous êtes bien aimables, mais je vais devoir refuser.*

– *Bien ! Comme vous voulez. Vous ne changerez pas d'avis ?*

– *Je ne reviendrai pas sur ma décision.*

– *Entendu !*

- JB !
- Oui, Magalie ?
- Je crois qu'on va laisser Philippe à ses occupations.
- Tu as raison, nous allons partir. Je suis désolé qu'on ne puisse pas rester plus longtemps.
- Je comprends que vous avez un long chemin qui vous attend.
- Oui ! C'est exact, on ne peut rien vous cacher Philippe.

Nous prîmes le temps de dire au revoir à notre ami et nous partîmes sur la plage en longeant la forêt. Je parvins à éviter un serpent jaune et vert qui jaillit d'une touffe d'herbe. Sur ce fait, je pris mon couteau et je lui tranchai la tête avant qu'il puisse revenir à la charge.

- J'ai trouvé notre repas de tout à l'heure.

- *Tu penses que je vais manger ce reptile et bien tu te mets le doigt dans l'œil car je ne goûterai pas un morceau de cette chair.*
- *Mais si ! Tu verras ça ressemble à de la volaille au point de vue du goût, bien entendu.*
- *Je te dis que non !*
- *Si tu insistes... Tu me regarderas manger, à moins que tu te trouves quelque chose à grignoter...*
- *Ça va ! Tu m'as convaincue.*

Cinq minutes plus tard nous arrivions à l'endroit où nous avions laissé la chaloupe. Nous tirâmes la barque jusqu'à la rive. Puis on se mit à la réparer avec le matériel que Philipe nous avait gentiment prêté. Une fois cette tâche accomplie on se posa sur le sable pour que la réparation puisse sécher.

Magalie je vais chercher un peu de bois pour faire un feu, ça nous permettra de cuire le serpent.

Pendant que tu fais ça, je vais mettre les instruments de Philipe à l'endroit convenu.

Une fois nos besognes accomplies, on se retrouva près de la chaloupe. Je me suis mis à creuser un trou dans le sable pour pouvoir faire le feu. Ensuite je transperçai le serpent avec une longue pique et le posai sur deux branches en forme de fourche.

– Tu en penses quoi de ce reptile ? En tout cas Benji n'a pas craché dessus !

– Je suis contente que tu m'aies forcée à le manger, Je trouve ça très bon. Dis moi JB on pourrait manger les poissons qui nous restent avant qu'ils ne pourrissent ?

La suggestion de Magalie était bien pensée. Comme nous ne savions pas où nous serions le lendemain, on en profita pour apprécier leur saveur infinie. Nous étions en train de recouvrir le trou que j'avais fait, quant je vis le soleil se refléter sur quelque chose de brillant. Je compris à ce moment que notre courte pose allait se terminer et qu'il était temps de fuir à nouveau si nous ne voulions pas être pris.

Nous poussâmes la barque dans l'eau, qui heureusement flotta correctement. Magalie monta dans le petit bateau avec mon chien. Pendant ce temps je poussai la barque un peu plus loin pour qu'on puisse ramer sans être gênés par le sable qui nous aurait ralentis. Nous étions à 0.5 miles de la rive, en nous retournant on aperçut les soldats qui piaffaient de colère. En les voyant râler comme ils le faisaient, on éclata de rire en pensant à la raclée qu'ils allaient prendre par leur commandant, si leur chef apprenait leur énième défaite.

*____*____*____*____*____*

10

LE VILLAGE
DE SAN LORENZO

--*-*

Nous étions à peine arrivés au village voisin qu'une pluie fine s'abattit sur nous avec la persévérance d'un torrent qui dévalait une pente de montagne. Nous débarquâmes sur une jetée d'un petit port. Sur cette jetée on apercevait une demi-douzaine de paniers dans l'ombre. La rue et le quai étaient déserts de toute âme qui vive, seule un chat traînait dans les parages. Une fois pris pieds, il est venu se frotter à nos jambes en miaulant. A cause de la pluie nos cheveux étaient plaqués contre nos fronts et nos tempes, on ressemblait à deux chats de gouttière qui venaient de tomber dans un bassin.

— T'en fais une tête !

— Il y a de quoi, non !

— Pourquoi ? Tu n'es pas contente d'avoir pu semer ces gardes de malheurs ?

— Si bien sûr, mais je suis trempée et je commence à avoir faim et sommeil.

— Essayons ce bar café que je vois là-bas.

– Celui qui est marqué « Le café Los Amigos ?"

– Oui ! On pourra boire quelque chose de chaud.

– Allons-y !

Nous nous dirigeâmes vers la vitrine illuminée, et lorsque nous passâmes la porte une odeur amère de pipe et de bière forte nous prit à la gorge. Cette salle était sombre mais propre, le comptoir luisait et le carrelage gardait des traces de semelles de bottes ou tout autre chaussure. Un peu à l'écart, un petit homme maigre lisait son journal et à sa droite, trois pêcheurs. On les reconnaissait bien grâce à leurs cirés jaunes qui étaient posé à côté d'eux. L'homme au journal se détacha un court instant de sa lecture pour nous dévisager et replongea presque immédiatement dans les nouvelles du jour. En me retournant d'un quart de tour je vis le barman. Il écarquilla les yeux sans raison apparente et se mit à essuyer le comptoir en faisant mine de nous observer. Après quelques minutes de réflexion, je me dirigeai vers le patron du bar suivi de Magalie et de mon chien.

- Sale temps, n'est-ce pas jeunes gens ?
- Oui ! Il fait toujours aussi mauvais ou c'est juste passager ?
- Ça dépend des périodes, vers le mois de mars le temps est plus clément. Qu'est-ce que je peux vous servir ?
- Nous allons prendre la table qui se trouve ici et nous allons réfléchir, car je vois la carte des menus sur la table.
- Bien ! Je passe vous voir dans un petit moment.

Nous nous dirigeâmes vers la table désignée et nous avons posé notre sac tout en nous asseyant. Nous retirâmes nos blousons trempés par la pluie et on les posa au dos de nos chaises. Puis attrapant la carte, nous nous mîmes à lire le menu *pour savoir ce que nous allions choisir. Un moment après le patron se radina vers notre table.*

– *Vous avez choisi ?*
– *Nous allons prendre : deux salades vertes, des pâtes avec de la sauce, du fromage sec et deux cafés, s'il vous plaît.*
– *Si j'ai bien compris vous voulez : deux salades, deux plats de pâtes, du fromage sec et deux cafés ?*
– *Je confirme que c'est bien notre commande.*

Le barman s'en retourna pour passer notre commande à son cuisinier. Mais à mi-chemin entre notre table et le comptoir il se retourna.

– *J'ai des os à moelle pour votre chien, si ça vous intéresse je peux lui en rapporter un de la cuisine ?*
– *Bien volontiers, je vous remercie.*

Il alla de nouveau vers la cuisine, passa notre commande et servit plusieurs clients qui attendaient des boissons, puis il repassa par la cuisine et revint nous voir avec nos deux salades et les os pour mon chien.

– Merci !
– Ton chien se régale avec ces os, on peut dire que le patron est drôlement sympa. Tu ne trouves pas ?
– Si ! Si !

Nous avions fini notre laitue depuis cinq minutes quand il revint avec le plat de pâtes et le plateau de fromage. J'entrepris de lui expliquer notre situation. J'allais ouvrir la bouche pour parler avec lui, quand Magalie m'interrompit dans mon geste. Une fois le responsable des locaux reparti vers son comptoir je posai ma question :

– Pourquoi tu m'as interrompu dans ma discussion avec le monsieur ?

– Parce qu'il faut être prudent dans nos paroles. Nous ne savons pas si Monsieur Alexandro a mis des affiches sur nous avec une récompense à la clef... et si le patron découvre que nous sommes des fugitifs il changera peut-être de comportement et nous jettera sûrement dehors sans ménagement. Tu comprends ?

– OK ! Je vais simplement lui demander un logement. Ça te va ?

– Bonne idée !

Vers 20 h 30 le gérant nous apporta nos deux cafés. A ce moment j'en profitai pour lui expliquer notre situation :

– Monsieur... !

Il me coupa gentiment la parole :

– *Appelez- moi Arthur et non Monsieur, OK ?*

– *Arthur, vous pouvez nous dire s'il y a un hôtel qui soit ouvert à cette heure de la nuit ?*

– *Je vois... ! Je vois... ! Finit-il par dire. Puis il fit un tour sur lui-même en disant :*

– *Une minute si vous le voulez bien...*

– *Bien sûr.*

Il gagna le fond de la salle et nous pouvions voir les traits des personnes, sans comprendre le sens de la conversation. Un moment après le patron revint vers nous et nous rapporta une réponse négative.

Ils regrettent beaucoup, ils vous auraient volontiers rendu service, mais leurs chambres sont toutes prises pour plusieurs jours. Par contre je peux vous indiquer l'adresse de ma cousine, qui a des chambres de libres et c'est bien la seule. Seulement il ne faudra pas hésiter à frapper et à crier un peu fort : ma cousine est sourde comme un pot !

Je pris mon calepin et je l'ouvris à une page vierge pour noter l'adresse en question avec les indications du chemin à suivre.

— *Je vous remercie bien.*

— *C'est tout naturel, je sais que partir à l'aventure comme vous le faites, ça demande beaucoup de courage et j'ai vécu ça quand j'étais jeune. A cette époque j'ai eu la chance de rencontrer un homme qui m'a aidé dans mes recherches et je suis devenu dix ans plus tard comme lui. Je me suis promis de donner un coup de main aux jeunes de votre âge en souvenir du bon vieux temps.*

— *C'est vraiment sympa de votre part.*

Nous bûmes notre café puis nous allâmes payer les repas et les deux cafés. Après un dernier merci nous prîmes la porte qui nous avait permis de rentrer dans cet établissement. Puis on se retrouva dans la rue toujours aussi déserte. La pluie avait cessé depuis peu car l'eau continuait à couler le long des façades et des gouttières des maisons. Par contre un vent froid se leva. Il nous fit frissonner et on remonta les cols de nos blousons. On marchait depuis un moment quand tout à coup... je me rapprochai doucement de Magalie en lui touchant le bras.

— *Surtout ne te retourne pas ! Tu n'entends pas ?*
— *Qu'est-ce que tu veux que j'entende ?*
— *Chut ! Ecoute...*

Nous nous arrêtâmes en respirant le moins fort possible et nous entendîmes un bruit de pas étouffé.

Aucun doute quelqu'un nous suivait.

- *Je propose qu'on se retourne tous les deux en même temps et on le prend par le colbac.*

- *On fait quoi ensuite ?*

- *Nous le faisons parler, pour qu'il nous dise pourquoi il nous piste.*

Quand on se retourna un moment plus tard nous ne vîmes personne.

- *C'est curieux quand même ?*

- *Je crois que c'est un homme ou une femme qui a allumé une cigarette, un point c'est tout.*

- *N'empêche que ça ne me parait pas normal. Pourquoi les pas s'arrêtent-ils quand nous faisons halte ? On ne se cache pas quand on est honnête.*

- *Se cacher, c'est vite dit ! Et si c'était quelqu'un qui prend la même direction que* nous et qui s'est arrêté au même moment pour une raison ou une autre...

Notre discussion fut brusquement interrompue par un appel. Nous vîmes alors apparaître le petit Homme qui lisait son journal dans le pub.

- – Hep ! Attendez -moi !
- – Qu'est ce que vous nous voulez ?
- – Je me présente : Jimmy Madigan ! J'étais dans le bar du restaurant lorsque vous avez débité votre histoire au patron du pub et j'ai entendu malgré moi.
- – C'est bien joli ce petit discours Monsieur Madigan mais pourquoi vous nous filez le train ?
- – Je veux vous aider tout simplement. Car si vous allez chez la vieille Gladys, vous allez vous retrouver dans le panier à salade et passer le restant de la nuit au poste.

– *Qui est Madame Gladys ? demanda Magalie d'un air soupçonneux.*

– *Elle est la cousine du patron du bar.*

– *Et comment vous voulez nous aider Monsieur Madigan ?*

– *Je vous propose une solution pour la nuit !*

– *Ah ! Oui ! Laquelle je vous prie ?*

– *J'ai pensé, comme vous aviez des problèmes de logement, vous inviter chez moi pour vous héberger pour cette nuit.*

– *Vous patientez une minute nous allons réfléchir à votre proposition !*

– *OK ! Sans problème.*

– *Tu crois qu'on peut lui faire confiance ?*

– *Je ne sais pas, il y a beaucoup de points qui sont obscurs.*

– *Comme quoi ?*

– *Hé bien ! Je me demandais pourquoi il ne nous a pas interceptés au moment de notre sortie et pour qu'elle raison il nous a suivi au lieu de nous aborder en nous parlant franchement. Et si c'est juste du bluff pour nous appâter pour nous faire faire un de ces sales boulots.*

– *Allons ! On peut dire oui et on verra bien quelle tournure prendront les événements. Regarde même Benji ne montre pas les dents, c'est bon signe, non ?*

– *Monsieur Jimmy nous avons réfléchi à votre proposition et nous allons vous suivre dans votre appartement en vous remerciant de votre hospitalité.*

– *Ça me fait plaisir de vous aider et puis vous préférez sûrement un bon lit plutôt que de dormir sous un pont !*

– *Je ne vous le fais pas dire Monsieur Madigan.*

– *Appelez-moi Jimmy ! Allez, suivez-moi, ce n'est pas un temps à laisser un chrétien dehors.*

Nous étions contents de ne plus chercher un logement par un temps pareil. Mais on était un peu sur la défensive car nous ne connaissions pas cet homme qui nous avait suivis et qui nous offrait la possibilité de bien dormir. Comme on dit la nuit porte conseil, et on verra bien si on peut lui faire confiance. De toute façon dans l'état où nous étions nous aurions été fous de refuser une offre aussi alléchante que celle-ci. Pendant que nous marchions en direction de l'appartement le vent se calma, mais par malchance un brouillard se leva. Arrivés devant la porte d'entrée Monsieur Madigan sortit une petite clef toute biscornue qu'il introduisit dans la serrure et ouvrit le battant en nous invitant à le suivre dans sa noble demeure. Puis on monta un escalier en colimaçon et Jimmy sortit une autre clef qui paressait aussi bizarre que la première et ouvrit la porte blindée, nous pénétrâmes dans son appartement et il referma la porte derrière nous.

— Mais au fait comment vous appelez-vous ?

– Je suis Jean Benoît et voici Magalie !
– Magalie je vais vous installer dans cette chambre et vous jeune homme je vais vous donner celle-ci avec votre chien. Cela vous convient-il ?

Nous répondîmes en même temps :

– Tout à fait Jimmy.
– Bonsoir à tous les trois.
– A toi aussi Miss.

Elle ferma la porte de la chambre en guise de réponse.

– Dors bien mon garçon.
– Vous aussi !

Nous étions vraiment fatigués de notre journée. Nous étions à peine allongés sur nos lits respectifs, que nous sombrions dans les bras de Morphée.

Pendant mon sommeil je savais que Benji monterait la garde, au cas où il y aurait une visite non autorisée.

11

LA CARTE

Le lendemain matin, Magalie dormait encore lorsqu'on frappa à sa porte puis à la mienne. Nous nous éveillâmes péniblement, le premier mouvement nous fit faire une grimace à cause du refroidissement de la veille qui nous avait courbatus. Magalie se leva la première, fit un brin de toilette au lavabo qui se trouvait dans sa chambre et s'habilla rapidement. Je fis la même chose de mon côté. Un moment plus tard on se retrouva dans la cuisine avec Monsieur Madigan.

– *Hello ! dit-il. Bien dormi ?*

Nous fîmes un signe de la tête en guise de réponse. Puis je fis la bise à Magalie et nous serrâmes la main à Jimmy.

– *Bonjour ! Vous allez bien ?*
– *Ça pourrait aller mieux ! Et vous ?*
– *Ça va toujours après une bonne nuit de récupération. Qu'est-ce que vous buvez ?*

— Moi, je prends du lait avec une goutte de café. Merci !

— Et vous Miss ?

— Euh ! Un café au lait avec un sucre. Merci !

On s'assit autour de la table et on se mit à déjeuner tranquillement. Durant notre petit déjeuner je ruminais dans ma tête des questions que je posais à notre hôte.

— Jimmy !

— Oui ?

— Est-ce que vous connaissez un magasin en ville qui peut authentifier un document ? Sans lui révéler le but de notre démarche.

— Oui ! Bien sûr que j'en connais un. Je peux vous déposer avant de partir au boulot.

— On va s'y rendre à pattes pour éviter de vous retarder.

- *Allez, pensez donc ! Ça ne va pas me mettre en retard, c'est sur mon chemin.*
- *On vous doit combien pour la nuit et le petit déjeuner ?*
- *Vous plaisantez j'espère ?*
- *Euh... Non !*
- *Je vous ai offert mon aide pour vous dépanner et pas pour vous soutirer de l'argent. Vu ?*
- *C'est vraiment chic de votre part, on vous remercie bien.*
- *Il n'y a pas de quoi. Vous auriez fait la même chose pour une autre personne j'en suis convaincu.*

Un moment plus tard nous finissions notre petit déjeuner, et nous allâmes rassembler nos affaires et peu après on se retrouva sur le trottoir et Jimmy nous invita à monter dans sa voiture pour nous conduire au magasin en question. Quelques minutes plus tard il nous déposa devant le magasin et il partit travailler ! On vit la voiture de Jimmy s'éloigner et disparaître dans la circulation urbaine. Après le départ de l'automobile nous poussâmes la porte de la boutique. Nous pénétrâmes dans un petit magasin avec un seul comptoir et une porte qui donnait sûrement sur l'arrière de l'établissement. Nous ne vîmes tout d'abord personne et j'aperçus une sonnette que je m'empressai de mettre en branle. Une sonnerie stridente en sortit et nous vîmes apparaître un homme âgé d'une cinquantaine d'années. Il était vêtu d'un costume beige clair avec une cravate assortie. Son visage était légèrement bronzé.

–   Bonjour jeune gens, que puis-je faire pour vous servir ?

–   Bonjour Monsieur ! On peut vous demander de regarder ce document et de faire le test « carbone quatorze » pour nous dire si ce manuscrit est authentique, s'il vous plaît.

–   Je peux voir le manuscrit ?

– Le voici !

– Je reviens.

On vit le commerçant partir vers l'arrière-boutique pour n'en revenir que vingt minutes plus tard.

– Alors ? demanda Magalie.

– Je peux vous confirmer que ce papier est authentique.

– Vous en êtes sûr à cent pour cent ?

– Il n'y a aucun doute.

On remercia le marchand puis nous quittâmes le magasin.

– Tu crois qu'il nous a dit la vérité sur ce document ?

– Je pense qu'il faut nous rendre au plan cadastral pour voir si cette île existe bien.

– Et si elle existe que fait-on ?

- *Il nous suffira de chercher un bateau pour nous y rendre.*

Nous nous mîmes en marche en direction de la place du village. Tout en avançant nous rencontrâmes une femme et j'en profitai pour lui demander notre chemin :

- *Excusez-moi madame s'il vous plait !*
- *Oui ?*
- *Est-ce que vous savez où se trouve le bâtiment des plans cadastraux ?*
- *Alors ! Que je réfléchisse... vous prenez la première rue sur votre droite et ensuite si je me souviens bien c'est au fond de la rue.*
- *D'accord ! Merci ! Bien le bonjour.*
- *A vous aussi.*

Après avoir pris congé de la jeune femme, nous prîmes la rue qu'elle nous avait indiquée et nous arrivâmes devant la porte du bâtiment que nous cherchions. Nous sommes restés un peu devant le porche du monument, pour admirer l'architecture que nous trouvions magnifique. Puis nous décidâmes de passer la porte et d'aller directement à l'accueil pour nous renseigner.

– Bonjour !

– Que puis-je faire pour vous servir ?

– Nous voulons savoir à quel étage se trouvent les plans cadastraux ?

– Heu ! Vous les trouverez au deuxième niveau de ce bâtiment.

– Merci !

Nous nous dirigeâmes vers l'ascenseur pour nous rendre à l'étage voulu.

– Heureusement que les chiens sont autorisés sinon on n'aurait pas pu rentrer.

– Si, toi t'aurais pu. Pendant ce temps je serais restée sur le trottoir avec Benji, répondit Magalie.

L'ascenseur arriva à notre étage ce qui coupa court à notre discussion.

– Salutations !
– Bonjour ! Est-ce que vous avez les plans d'une île qui s'appelle : Ile de la DAGUE ?
– Attendez. Je vais consulter mon ordinateur. Pendant ce temps vous pouvez vous asseoir sur les fauteuils, juste là.
– Bien ! Merci !

Un moment plus tard l'employé du cadastre nous appela. Nous nous levâmes et il nous dit :

– J'ai trouvé ce que vous cherchez. Ça été un peu compliqué car sur les cartes actuelles, *elle est introuvable. Mais elle existe bien sur les documents de 1890.*

- *Ah vraiment ! On peut les consulter s'il vous plaît ?*
- *Aucun problème, je vais vous les chercher et vous pourrez les consulter sur le comptoir qui se trouve un peu plus loin.*
- *On vous remercie.*

Nous avons pris le plan et nous sommes allés nous mettre dans le coin indiqué. Tout en parlant nous regardions la carte pour nous faire une idée du chemin à suivre en bateau.

- *Je me demande si on peut faire une photocopie de ce document ?*
- *Il suffit de poser la question.*

Nous nous dirigeâmes à nouveau vers le comptoir d'accueil.

– Je peux vous demander une faveur ?

– Je vous écoute.

– On pourrait avoir une copie de ce manuscrit ?

– Je vous fais ça toute suite. Mais vous comptez en faire quoi de cette copie ?

– Nous avons le projet de nous rendre sur cette île et c'est pourquoi on vous demande un double.

– Soit !

Il se retourna vers la photocopieuse et dupliqua la carte et il nous tendit la copie.

– Je vous souhaite une bonne journée.

– Contents de vous avoir vus.

Nous voilà repartis avec la duplication de la carte et nous reprîmes l'ascenseur dans l'autre sens, et nous ressortîmes du bâtiment suivis de notre fidèle compagnon à quatre pattes.

– Maintenant que nous avons la carte je crois que nous pouvons aller louer un bateau pour nous rendre sur cette île.

– J'espère que quelqu'un voudra bien nous y emmener. Mais j'ai peur que la pluie ne revienne et qu'elle nous empêche de partir.

– Dans un premier temps il faut aller se renseigner au port, ensuite on verra bien !

Sur le chemin qui nous menait au port, je réfléchissais à quelque chose :

– Je crois qu'il vaudrait mieux passer au bar de la nuit dernière ; on pourra peut-être rencontrer les marins, ils auront sûrement un bateau qui sera susceptible de nous emmener sur cette île.

– C'est peut-être plus sûr en effet que de traîner sur les docks à cette heure car il y aura peut-être du brouillard.

Nous nous dirigeâmes vers le café. On s'orienta rapidement et même pas cinq minutes plus tard nous poussions la porte du bar. Rien n'avait changé, à cela près que la salle était noire de monde. La plupart des clients était accoudés au comptoir et buvaient une drôle de mixture. Mais malgré le monde nous trouvâmes une table de libre et nous nous assîmes.

- *Tu vois cette boisson que le barman sert au client ?*
- *Oui !*
- *Je peux te dire que ce mélange est fait à base de vin blanc mélangé avec d'autres produits dont seul le barman a le secret.*
- *Comment tu peux être sûr que ce n'est pas un breuvage ordinaire ?*
- *Je dis que c'est à base de vin blanc, car hier pendant que tu te trouvais au petits coin, je lui ai posé la question et il n'a pas voulu m'en dire davantage. Donc je*

suppose qu'il voulait garder sa recette pour lui.

— Ou bien on lui a interdit de divulguer cette information.

Le patron s'était rapproché de notre table. La conversation s'orienta vers un choix de boissons. On se mit d'accord pour prendre du thé vert bien chaud. Pendant que nous choisissions le patron avait suivi notre conversation malgré lui, mais d'un air très intéressé, et c'est pourquoi il intervint dans notre discussion :

— Alors jeunes gens, je vous sers deux thés ?

— Va pour le thé. J'espère que c'est du thé vert ?

— Heu ! oui, oui !

Il revint avec un plateau qui comportait : les deux tasses, la théière et le sucrier. Il posa le tout sur la table et repartit vers son comptoir avec son *plateau sous le bras. Une fois le patron parti nous continuâmes à discuter tout en buvant notre breuvage.*

- *J'espère qu'on pourra apercevoir les pêcheurs d'hier soir ?*
- *Je ne sais pas. Mais pour le savoir il faut poser la question au directeur.*

J'avais à peine achevé ma phrase que le patron vint nous voir comme s'il avait entendu notre interrogation et il en profita pour desservir la table.

- *Excusez-moi ! Est-ce que vous avez vu Monsieur Madigan ou les marins ?*

Je peux vous assurer que les frères Thomas ne vont pas tarder. Ils viennent tous les soirs à la même heure depuis des années. Cependant pour Monsieur Madigan il ne vient pas tous les jours et je ne sais pas si vous le verrez.

215

– Merci ! Je crois qu'on va les attendre et j'espère qu'ils viendront bien.

– Je vous préviendrai dès qu'ils passeront le pas de cette porte. Je peux vous servir une autre boisson en attendant...

– Alors la même chose s'il vous plait !

– Entendu !

Les heures passèrent et toujours pas de pêcheurs ou de Jimmy. Nous commencions à trouver le temps long et j'interpellai le patron pour lui demander :

– On pourrait avoir l'addition, on voudrait aller chercher un logement, par exemple chez votre cousine.

– Je vous l'apporte toute suite. Mais pourquoi vous n'y êtes pas allés plus tôt ?

– Au moment où nous allions nous diriger vers son auberge, Monsieur Madigan nous a offert une chambre avec un petit déjeuner.

– Je vois. Excusez-moi pour mon indiscrétion.

– On vous excuse.

– Je sers un ou deux clients et je vous prépare votre note.

12

L'AUBERGE

Un moment plus tard nous quittions notre table en direction du comptoir pour payer la facture. Ensuite nous prîmes congé du barman en lui disant qu'on repasserait demain en espérant que nous pourrions voir les personnes qui seraient susceptibles de nous louer un bateau. Par la suite nous prîmes le chemin de la sortie et on se retrouva dans la rue.

– Heureusement qu'il est moins tard qu'hier, on va pouvoir aller chez Gladys Phips.
– J'espère qu'elle aura encore de la place.

Tandis que nous marchions, je sortis le plan qui allait nous permettre de trouver l'auberge, sans perdre notre temps à visiter toutes les rues et nous suivîmes la carte à la lettre. Puis on se trouva devant une bâtisse de style 1850 avec un toit qui supportait des tuiles rouges en dégradé. Elle avait une porte en bois sculpté orné de fer forgé. Les fenêtres étaient d'une certaine grandeur, qui permettaient au soleil de rentrer en toute quiétude.

Nous arrivâmes devant le porche et nous frappâmes à la porte d'entrée avec la frappe porte qui résonna dans toute la maison. Le temps s'écoula lentement puis nous vîmes enfin une personne jeune qui se présenta à la porte et nous demanda :

– *Je peux vous aider jeunes gens ?*

– *Oui ! Nous voudrions savoir s'il vous restait une chambre qu'on pourrait occuper pour plusieurs jours ?*

– *Si señor ! Il nous reste une chambre avec deux lits.*

– *Très bien nous vous la prenons.*

– *Suivez-moi s'il vous plait, je vais vous montrer vos appartements durant votre séjour parmi nous. Qui vous a envoyé, car je suppose que vous n'êtes pas d'ici...*

– *C'est exact, nous sommes des voyageurs de passage, répondit Magalie et je poursuivis la conversation.*

– *C'est Monsieur Arthur Johnston qui nous envoie et il nous a dit que la patronne de cette maison était sa cousine.*

– *Je vous crois sur parole, ça ne fait pas longtemps que je suis au service de Madame. Voici votre chambre pour votre séjour. Je suppose que vous devez avoir faim, nous passerons à table vers 19 h 30.*

– *Merci mademoiselle, heu... !*

– *Appelez-moi Susan.*

Arrivés dans la chambrette nous posâmes nos affaires sur nos lits respectifs. Pendant que Magalie prenait son tour dans la salle de bains, je m'allongeai sur mon plumard en attendant la place. Une fois la corvée de nettoyage passée nous nous sommes habillés avec des affaires propres pour ensuite descendre voir nos hôtes pour le repas du soir. Nous sortîmes de notre chambre, prîmes l'escalier de service, pour nous retrouver dans un grand couloir orné de tableaux de famille avec des lampes qui les éclairaient et qui les mettaient en valeur. Nous passâmes sans faire une halte à chaque tableau et on se retrouva dans la salle à manger qui nous parut immense.

— J'espère que Susan vous a bien installés ? nous demanda Mme Phips.

— Je peux vous assurer que Susan nous a bien installés.

— J'en suis contente. Quel magnifique chien que voilà !

— A propos de mon chien j'espère qu'il ne vous dérange pas ?

— En aucune façon et je suis heureuse qu'il soit là car j'adore les chiens, surtout les labradors.

— Nous sommes enchantés de vous voir, votre cousin nous a dit que vous nous accueilleriez et qu'on serait bien reçus et je crois qu'il ne nous a pas menti.

– *Mangeons et ensuite nous passerons à la réception pour vous inscrire.*

Notre hôtesse nous proposa de choisir le menu. Pour cela elle appela le groom service avec sa cloche. Il vint un moment plus tard pour nous présenter la carte et il se retira dans la cuisine. Nous prîmes la carte et nous vîmes que le document se divisait en trois parties. La première partie contenait les entrées à gauche et les vins à droite. Ensuite il y avait les plats de résistance et enfin les desserts. Après avoir détaillé la carte on se mit à la regarder plus attentivement et nous prîmes notre décision juste au moment où le serveur revenait pour prendre notre commande. Il nous demanda quel menu nous avions choisi. Je lui répondis que j'allais prendre une salade verte, suivie par des pâtes avec du poisson. Il nota le tout sur son calepin et me demanda de choisir le poisson.

– *Quel poisson me proposez-vous ?*

– *Nous avons de la truite ou du saumon !*

– *Je vais prendre du saumon.*

Quant à Magalie elle prit le même menu. Notre commande passée, il reprit les cartes et repartit vers la cuisine. Pendant que le serveur allait donner au chef cuistot notre commande, nous parlions de choses plus ou moins importantes. Entre autres, la patronne nous a expliqué qu'elle était contente de recevoir des convives aussi sympathiques que nous et que ça faisait bien trois mois qu'ils n'avaient pas eu de clients. Magalie intervint dans la conversation et parla avant que la maîtresse des lieux continue ses explications et demanda comment elle avait pu garder l'auberge ouverte durant cette période. Susan nous répondit qu'ils avaient pu rester ouverts grâce aux produits du jardin qui se trouvaient à deux pas de l'auberge. Notre hôtesse confirma les paroles de sa collègue, et nous dit que son frère allait porter leurs légumes et leurs fruits à son cousin qui est restaurateur et que celui–ci allait les vendre au marché le dimanche. Je répondis :

 – Je suis sûr qu'il n'y a pas que les produits du potager qui vous permettent de rester ouvert ?

Je n'aurais pas dû poser cette question car la patronne me regarda avec des yeux noirs et me dit d'un ton sec que ça ne me regardait pas. Je présentai tout de suite mes excuses en lui disant que je ne voulais pas être indiscret.

Elle accepta mes excuses, mais me dit qu'il faudrait tourner sept fois ma langue dans ma bouche avant de parler, que ça m'éviterait de dire des sottises. J'allais répondre à ses paroles quand le serveur revint de la cuisine avec nos entrées et nous servit. Tout le monde prit son temps pour déguster son entrée sans piper mot. Durant ce silence je me suis mis à penser que Monsieur Johnston avait un peu exagéré en nous disant que sa cousine était sourde comme un pot et je me suis demandé si nous parlions avec la bonne personne. Suite à cette réflexion je mis ma dernière bouchée de cette délicieuse entrée dans ma bouche, et une fois celle-ci dégagée je parlai à haute voix :

- Je suis content que vous ayez pu me pardonner mon indiscrétion.
- Si vous ne m'étiez pas sympathiques, je vous aurais déjà chassés de ma maison avec pertes et fracas.

Je demandai si nous pouvions garder mon chien dans notre chambre pour la nuit. Mme Phips nous accorda cette requête, à la seule condition qu'on ne dérange pas les employés. Nous lui assurâmes que Benji se tiendrait tranquille et elle nous répondit que nous avions plutôt intérêt. Le repas touchait à sa fin et je me hâtai de quitter cette table pour aller me dégourdir les jambes, car je ne supporte pas les dîners qui durent trop longtemps : ça me donne des fourmis dans les jambes.

Quant à Magalie et Benji ils commençaient à s'impatienter. Nous prîmes donc congé et elle nous demanda de passer à la réception pour nous faire enregistrer comme des clients normaux. On lui répondit que nous y allions de ce pas et nous la remerciâmes pour nous avoir accueillis dans sa demeure. D'ailleurs nous n'étions pas tous seuls à quitter la table car Susan nous emboîta le pas. Quant à Mme Phips elle partit à ses occupations. Nous restâmes une minute ou deux à réfléchir sur le chemin à suivre et c'est là que je demandai à Susan si elle voulait bien nous conduire auprès du réceptionniste. Elle nous fit un signe de la tête en guise de réponse. Elle nous conduisit à travers plusieurs couloirs successifs et nous arrivâmes enfin.

— *Bien le bonsoir !*
— *Nous vous saluons Monsieur !*
— *Pouvez-vous les inscrire Charles ?*
— *Bien, Miss Susan.*

Il nous demanda de décliner nos identités respectives.

-   *Je suis Magalie Reynolds.*
-   *Quant à moi je suis Jean-Benoît Jackson.*
-   *Je peux vous laisser signer ici !*

Nous prîmes le stylo que Charles nous tendait et on signa chacun à notre tour. On lui rendit le stylo et il nous souhaita un bon séjour.

-   *Susan va vous reconduire dans votre chambre.*
-   *Si vous voulez bien me suivre ?*

Nous empruntâmes un autre couloir pour aboutir devant un escalier en colimaçon, que nous ne tardâmes pas à emprunter et on se retrouva sur un palier qui conduisait directement à notre chambre.

– *Voilà ! Je vous laisse rentrer dans vos quartiers.*

– *Bonne nuit Susan.*

– *Bien le bonsoir à vous deux.*

*____*____*____*____*____*

13

L'OMBRE

Susan rentra dans sa chambre qui se trouvait juste à côté de la nôtre et on fit de même. Nous avons entendu Susan fermer le verrou de sa chambre, puis ce fut le silence total. Mon chien en profita pour aller se coucher près de la fenêtre en se mettant la tête entre les pattes. J'allai à la fenêtre pour caresser la tête de mon chien et je retournai vers mon lit pour me mettre les pieds en éventail, imité par Magalie.

Nous étions peinards sur nos plumards respectifs, quand mon chien se leva et se dirigea en reniflant vers le bas de la porte. Puis il se retourna vers moi et je compris que quelque chose ne tournait pas rond. Mais au moment où j'allais me lever, il alla se recoucher en soupirant. Je fis un quart de tour sur mon lit pour me tourner vers Magalie en mettant mon doigt sur ma bouche pour lui intimer le silence. Elle me comprit aussitôt et ne bougea point les lèvres car elle avait vu le manège de mon chien.

Je me levai et me dirigeai à pas de loup tout en regardant par la fenêtre. Je me suis rendu compte que la nuit n'était pas encore tombée et que je pouvais voir les alentours, du moins une partie de l'auberge. Je continuais à regarder à travers la vitre, quand j'aperçus pendant une trentaine de secondes une silhouette qui ressemblait étrangement à Susan. Puis elle disparut derrière l'angle de la maison. Durant mon observation je me demandais si c'était mon imagination qui travaillait ou si j'avais réellement vu la silhouette de Susan passer dans la cour. Au bout d'un moment Magalie m'interrogea du regard pour me demander pourquoi je restais planté là et ce que j'avais bien pu voir pour avoir l'air aussi surpris, comme si je venais de voir un revenant.

Sans lui répondre, je lui fis signe de me rejoindre en silence et je lui dis dans le creux de l'oreille à voix très basse que j'allais sortir pour voir ce qui se passait. Je lui demandai de rester là pour regarder à travers la vitre et surveiller si elle apercevait quelque chose de pas logique.

Elle ne comprenait pas pourquoi je lui demandais ça, mais une fois que je me suis expliqué clairement elle comprit où je voulais en venir. Mon chien resta avec ma compagne, quant à moi j'ouvris la porte le plus doucement possible. Je me retrouvai sur le palier plus sombre que tout à l'heure. Je passai devant la chambre de Susan qui était toujours fermée. Mais je voulais m'en assurer et c'est pour ça que je voulais tirer la poignée vers le bas, pour pouvoir ouvrir la porte. Je m'apprêtai à le faire quand j'entendis un bruit suspect qui m'empêcha de le faire et je me planquai tout de suite dans la salle de bains sans demander mon reste. J'attendis une minute ou deux, comme je ne voyais rien venir je sortis de ma cachette à pas de loup et je tombai nez à nez avec une personne. Je ne m'attendais pas à voir un être humain dans cette partie du bâtiment. Je fus surpris, mais heureusement, j'étais dans une partie du couloir qui se trouvait dans l'obscurité ; je me replanquai illico presto dans ma cachette. C'était une fausse alerte car je reconnus Magalie qui naviguait dans le couloir. J'étais soulagé que ce ne soit pas une autre personne, je sortis et je la rejoignis et je lui demandai pourquoi elle était sortie de la chambre. Elle me répondit :

- Je ne te voyais pas revenir alors je suis partie à ta recherche.

- Je te remercie, mais tu m'as fait une de ces frayeurs : je m'apprêtai à voir si Susan se trouvait dans sa chambre.

- Je vais retourner voir Benji il doit s'impatienter.

- Je te rejoins dans un moment.

Une fois que j'eus entendu la porte de notre chambre se refermer, je me glissai dans l'ombre pour faire le guet pour savoir si Susan était sortie ou pas. Je me demandais si ce que je faisais n'allait pas nous créer des ennuis, mais la curiosité l'emporta sur la prudence. Ça faisait peut-être une heure ou deux que j'étais planqué, sans que personne n'entre ou ne sorte. J'étais patient, mais là je n'en pouvais plus ! Je sortis de ma cachette et j'allai retrouver Magalie. Elle me demanda si j'avais pu avoir des explications sur l'apparition de cette ombre qui ressemblait à Susan. Je haussai les épaules et lui répondis que j'avais attendu sans résultat. Nous décidâmes de nous allonger pour nous reposer un peu, car dans quelques heures nous aurions pas mal de travail.

*____*____*____*____*____*

14
SUSAN

Bien plus tard... J'allumai ma lampe qui se trouvait sur ma table de nuit puis je passai dans la salle de bains pour me faire un brin de toilette et passer des vêtements peu fragiles. Quand j'eus fini, Magalie était toujours dans son lit. Je m'approchai de mon chien en lui disant de la réveiller en douceur. Elle se réveilla au deuxième coup de langue et caressa la tête de mon chien.

—

— *Je suis désolé de te déranger dans ton repos, mais nous avons du pain sur la planche.*

— *Oui, je sais, on en a parlé tout à l'heure.*

— *Je descends dans la salle à manger, Magalie.*

— *Je finis de me laver et je te rejoins.*

Je pris la porte et me retrouvai dans le couloir qui conduisait à un escalier qui menait à la salle à manger. Je pénétrai dans la pièce et je retrouvai Susan attablée en train de déjeuner. Je la saluai et je me mis sur le banc à côté d'elle. J'étais à peine assis que Magalie se joignit à nous, et au même moment nous entendîmes l'horloge qui sonnait huit heures du matin. Peu après Susan parla et nous demanda :

— Vous avez bien dormi ?

Je regardai Magalie pour lui demander si on pouvait lui dire. Elle me fit un signe de la tête, d'un air de dire : je suis d'accord. Donc je répondis :

— Nous n'avons pas bien dormi car nous avons vu une ombre qui traversait la cour et nous étions un peu inquiets car j'ai cru vous reconnaître.
— Ah ! Vous aussi vous l'avez vue !
— Donc si je comprends bien ce n'était pas vous ?
— Mais non ! Je vais vous parler de mon expérience fantasmagorique. Mon histoire remonte au mois dernier. Je me suis dit

que cette auberge était un endroit où on se sentait bien, du moins le jour. Mais la nuit c'était une autre paire de manches... Depuis deux semaines environ, je me sens surveillée et je ne suis pas vraiment tranquille. C'est difficile de dire ce qui cloche au juste. Je peux dire que j'entendais des d'allées et venues dans le couloir. Quand j'ouvrais ma porte je ne voyais personne. La nuit dernière, je me suis réveillée car j'avais la gorge sèche et donc il fallait que je boive un coup. Mon verre qui se trouvait sur ma table de nuit était vide. Je décidai de me lever pour aller à la salle de bains qui se trouve en face de ma chambre. Je traversai le petit bout de couloir qui séparait ma chambre de la salle d'eau. Je pénétrai dans la pièce pour me diriger directement vers le lavabo. Je remplis mon verre d'une eau fraîche et revigorante que je bus d'un seul trait et reposai mon gobelet sur le lavabo *et refis le chemin en sens inverse. J'allai atteindre ma chambre qui a vue sur le jardin, quand j'ai eu la sensation que quelqu'un se trouvait sur le palier. Mais il n'y avait encore personne ! Je le voyais bien grâce à la lumière de la bougie qui se trouvait contre le mur enfermé dans une sorte de lampe à l'huile. Pourtant il m'est arrivé une chose très bizarre. J'ai eu soudain froid à la main puis vinrent des picotements comme si j'avais des fourmis et au même instant la flamme de la bougie s'est mise à trembler. Alors qu'est-ce que vous en pensez ?*

– Je pense que...
Magalie intervint.

– Vingt-deux la patronne arrive ! dit-elle à voix très basse.
– Bonjour ! Vous allez bien ?

Nous répondîmes à la maîtresse des lieux et nous continuâmes notre petit déjeuner en silence. Madame Phips ne s'attarda pas et continua son petit bout de chemin en direction de son bureau, qui se trouvait à droite de la salle à manger et pénétra dans celui-ci.

Nous attendîmes qu'elle claque la porte de son bureau pour continuer à papoter là où on s'était arrêté. Mais pour être plus tranquilles on finit de déjeuner et nous nous dirigeâmes vers la cour de l'établissement pour prendre place sur les bancs qui se trouvaient à l'ombre du Palmier bleu du Mexique. Nous pouvions rester sans risquer de prendre une insolation. Je répondis enfin à Susan en lui disant que son récit était très intéressant. Et en lui demandant si elle avait pu déterminer si ces phénomènes étaient dus à une malveillance humaine ou surnaturelle. Elle me répondit qu'elle n'avait pas eu le temps de s'en occuper.

– *Magalie et moi, nous vous proposons de vous aider dans votre enquête. Car vous êtes bien une enquêtrice dans le paranormal ?*

– *Je suis bien une enquêtrice du paranormal mais je vous demande de n'en parler à personne du moins pour l'instant.*

Nous lui promîmes de garder le secret aussi longtemps que possible. Elle nous remercia pour notre discrétion.

– *Si vous nous faites confiance...*

– *On peut avoir confiance en vous ? poursuivit Magalie.*

– *Et bien vous avez ma confiance.*

– *Dans ce cas nous pouvons vous dire que la Madame Phips que vous connaissez n'est pas la vraie personne.*

– *Comment ça ! Qui vous l'a dit ?*

– *Je ne sais pas si vous avez interrogé le patron du bar qui se trouve sur le port.*

– *Heu ! Non car j'avais trop de travail.*

– *Si vous l'aviez questionné vous sauriez que sa vraie cousine est sourde comme un pot et que Monsieur Madigan nous l'a confirmé.*

– *Je suis sidérée par vos déclarations.*

– *Il faudrait peut-être trouver des preuves concernant la disparition de la vraie Madame Phips !*

– *Je sais peut-être où on peut trouver ces documents.*

– *Ah, oui où ça ?*

– *Ça se situe sous l'escalier qui mène à nos chambres.*

*____*____*____*____*____*

15

LES CAVES

*_*_*_*

Nous quittâmes notre banc et nous dirigeâmes vers cet escalier. Une fois arrivés elle nous dit :

> – Je n'ai pas pu entrer car la porte n'a pas de verrou.
> – Je suppose qu'il y a un levier quelque part, il suffit de le trouver.
> – En général ce sont des lampes qui sont accrochées à proximité qui servent de levier dit Magalie.
> – Quand tu veux tu es très intelligente !

A deux pas de la porte nous trouvâmes une lampe qui au premier coup d'œil nous parut fictive. Je pris le pied de la lanterne et l'orientai vers la droite. Nous eûmes du pot, ça ouvrit la porte.

> – Susan, vous savez où cela conduit ?
> – Je suppose que ça peut conduire à une cave.

– *Faites attention les marches sont un peu branlantes.*

– *Je déteste les caves. Il y a toujours plein d'insectes et de craquements bizarres... dirent Magalie et Susan en même temps.*

Nous descendîmes l'escalier et on se trouva devant un tas de charbon. Sur notre gauche, une porte en bois se confondait avec le cadre du mur. J'essayai de soulever le loquet mais la porte résista. A la deuxième tentative elle s'ouvrit en grinçant vers l'intérieur et je jetai un coup d'œil. A la lumière de ma torche nous distinguâmes une chaise cassée, quelques vitres dégoûtantes de poussière rangées contre un mur et un vieux casier à bouteilles pourri. Nous trouvâmes aussi quelques billes de bois, deux pinces et une sangle. La cave sentait le renfermé.

– *Il n'y a pas grand-chose à voir, ce n'est pas là qu'on trouvera les dossiers.*

– *Venez, on retourne dans le couloir et on va voir la cave du fond. Elle est peut-être plus intéressante.*

– *Nous te suivons.*

Quand nous poussâmes la porte d'entrée une forte odeur de moisissure nous prit à la gorge et aux narines. De vieux tonneaux étaient empilés contre le mur en plâtre un peu jauni par le temps et plusieurs tonneaux étaient à deux doigts de s'ouvrir en deux car leurs cercles métalliques étaient rouillés, certains même fendus. Nous aperçûmes plusieurs caisses remplies de thé moisi par l'humidité. Un peu plus loin nous trouvâmes une trappe qui était à moitié recouverte par de la terre battue un peu rougeâtre. Nous n'avions aucune idée de ce qu'il y avait dessous et nous essayâmes de la soulever sans succès. Elle était beaucoup trop lourde pour qu'on puisse l'ouvrir sans une aide quelconque. Nous laissâmes la trappe pour le moment. On continua la visite de la cave et au fond nous trouvâmes un beau puits de brique ronde.

— Tu as vu l'eau de ce puits ? Elle est très propre.
— Elle est peut-être alimentée par une rivière souterraine...
— Nous sommes juste au-dessous du salon, précisa Susan.
— Pourtant on ne sent absolument pas l'humidité quand on est dans cette pièce.
— Le plancher est sûrement très épais.

Nous orientâmes la lumière de nos torches vers le fond du puits en nous penchant pour mieux scruter l'eau qui atteignait une profondeur d'un mètre. Le fond du puits était tapissé de graviers blancs et nous aperçûmes un couloir qui le prolongeait.

— Je crois que nous allons remettre à plus tard la visite de ce puits.

> *– Tu as raison ! Il est déjà sept heures et il*
> *ne faudrait pas arriver en retard au dîner.*

Nous repartîmes vers la première cave. Tout en revenant je me demandais s'il n'y avait pas un soupirail qui serait accessible par l'extérieur. Donc je m'arrêtai et regardai autour de moi pour voir si je n'en trouvais pas un. Mais j'avais beau scruter les alentours, je ne vis aucun vasistas qui nous permettrait de pénétrer dans ces lieux sens être remarqués.

Sur ce tour d'horizon je repris mon chemin en direction de l'escalier, que mes chères compagnes avaient déjà gravi et on se retrouva tous sur le palier. Avec discrétion je remis la lampe dans le bon sens et la porte se referma. Il était moins une, au bout du couloir on aperçut le majordome qui faisait sa ronde habituelle. Nous le saluâmes d'un geste de la main et nous empruntâmes l'escalier pour nous rendre à nos chambres respectives. Mais avant de nous quitter nous décidâmes de dire à notre hôtesse que nous étions allés faire un tour dans les environs.

–   Et si jamais le gardien nous dénonce ?

–   On lui répondra que la réception se trouve à quelque pas de cet escalier et que nous sommes passés par là.

–   Comme ça elle ne se doutera de rien, poursuivit Susan.

On se quitta sur le palier et nous entrâmes dans nos chambres pour nous préparer pour le repas.

–   Est-ce que tu as vu si on pouvait rentrer dans la cave par un soupirail ?

–   Non, je suis désolé, il faudra passer par le même chemin.

Sur ce nous sortîmes de la chambre et nous allâmes directement au salon, sans passer par la case départ.

Nous avons retrouvé tout le monde et nous nous sommes assis. Personne ne voulait engager la *conversation. Nous étions tous absorbés dans nos pensées et le repas se déroula sans que nous puissions émettre une seule phrase successive. Le dîner se passa et nous sortîmes de table pour aller à nos occupations diverses. Nous, il fallait que nous allions nous coucher pour donner l'impression que nous ne ressortions pas.*

Une fois que tout le monde eut regagné ses pénates et que nous fûmes sûrs que personne ne viendrait nous déranger dans notre petite excursion, nous nous dirigeâmes vers la cuisine pour prendre un bocal hermétique. Nous cherchâmes une bougie et des allumettes qu'on trouva sur les étagères et on trouva un chiffon sur une chaise. Une fois le bocal prêt, il ne nous restait plus que la corde...

Comme nous n'avions pas beaucoup de temps, j'ai supposé qu'on pourrait la trouver en bas et si ce n'était pas le cas, il nous suffirait de remonter et de la chercher dans l'abri de jardin, sans se faire piquer bien entendu, et on pourrait la remettre plus tard.

Alors nous redescendîmes tous deux dans la cave, suivis de mon fidèle compagnon à quatre pattes. Quant à Susan, elle avait dû rester auprès de Madame Phips pour éviter de compromettre ses chances de pouvoir continuer de travailler au service de Madame. Nous retraversâmes toute la cave pour nous retrouver devant le puits.

— *Par quoi on commence ? Par la trappe ou le puits ?*
— *Je crois que pour cette nuit on va se contenter de la trappe.*
— *OK ! Allons-y.*

La première chose que nous fîmes fut de nous mettre à la recherche d'une petite planche qui nous servirait à enlever la terre du dessus de la dalle. Pendant que Magalie s'était mise à la recherche de l'objet en question, de mon côté je me mis en quête de trouver une corde et une poulie pour pouvoir soulever la dalle avec plus de facilité.

Magalie trouva sans difficulté la planche et je la rejoignis pour commencer à libérer la trappe de la terre. Lorsque la trappe fut dégagée, je me remis à la recherche des instruments restants. Je mis beaucoup plus de temps pour trouver, il a fallu que je retourne dans la première cave. Là je me suis mis à fouiner les alentours sans faire le moindre bruit, et en retournant une des caisses, je découvris la poulie. Mais il nous manquait l'instrument le plus important, sans cet élément notre plan ne pouvait pas fonctionner. Il était trop tard pour qu'on puisse aller récupérer la corde dans l'abri de jardin.

Heureusement que Susan nous avait communiqué l'heure à laquelle Charles le réceptionniste faisait sa ronde de nuit. Sans cette indication on aurait pu se faire pincer. Donc nous décidâmes de tout laisser et nous avons juste eu le temps de remonter et de refermer les écoutilles et regagner notre chambre, en nous promettant de revenir le lendemain soir pour continuer notre exploration. Une fois dans notre chambre, je posai le bocal, et les deux lampes que Susan nous avait prêtées lors de la première descente, dans la table de nuit.

Puis on se coucha immédiatement sans demander notre reste. Magalie tomba toute suite dans les bras de Morphée. Quant à moi je me posais la question : qu'est-ce que nous allons trouver sous cette trappe ? avant de sombrer dans un sommeil total.

*____*____*____*____*____*

16

LE PUITS

Comme nous avions laissé nos rideaux ouverts, la lumière du jour nous réveilla en sursaut. Après quelques minutes, je regardai ma montre : elle indiquait huit heures trente.

– Salut Magalie !
– Je te salue JB !
– Ça t'intéresse de faire un tour en ville ?
– Aucun problème !

Nous nous levâmes rapidement et en trois mouvements, on se retrouva dans le couloir. Sur le chemin qui nous menait à la salle à manger, nous rencontrâmes Susan qui revenait de cette même salle.

– Il faudra que nous parlions... lui dit Magalie à voix basse.
– Je vais faire des courses en ville et on se voit après.

– *Justement ça tombe bien nous allons nous promener.*

– *Dans ce cas donnez-moi deux minutes et je vous rejoins.*

– *On vous attend sur le banc près du palmier bleu du Mexique.*

– *Bien ! A toute suite.*

Nous prîmes donc le chemin du Palmier bleu du Mexique en passant par la réception, pour dire à Charles que nous restions quelques jours de plus. Puis nous sortîmes et on se retrouva sur le banc, suivis de Benji. Quelques instants plus tard Susan vint nous retrouver et nous partîmes pour le village. Après quelques échanges bien mouvementés on se retrouva sur la place du village.

– *On se retrouve dans une heure sur cette même place !*

– *Entendu !*

Pendant que Susan partait faire les commissions de Madame Phips, nous nous dirigeâmes vers le bar où nous avions rencontré Monsieur Madigan. Nous commencions à bien connaître le coin, car ça faisait plusieurs jours qu'on vadrouillait dans les parages. Nous passâmes devant une boulangerie, un magasin de tissu et enfin nous arrivâmes au café.

Nous poussâmes la porte sans hésiter et nous dirigeâmes directement à notre table car à cette heure il n'y avait presque personne. Le barman nous reconnut sans hésitation et se dirigea vers nous.

— Salut les jeunes !

— Comment va ce matin ?

— La routine habituelle. Vous avez déjeuné ?

— Oui ! Nous sommes descendus à l'auberge de votre cousine.

— Comment va-t-elle ?

- *Très bien. Est-ce que vous avez aperçu les pêcheurs hier soir ?*
- *Oui, je les ai vus et ils m'ont dit qu'ils partaient pour plusieurs jours.*
- *Ça ce n'est pas notre veine.*
- *Ne dramatisez pas, nous sommes mardi, si tout va bien ils seront de retour au plus tard jeudi.*

Nous avions trois jours pour élucider notre affaire ensuite on se rendrait sur cette île, si toutefois les pêcheurs revenaient. Dans le cas contraire on aviserait...

Après avoir bu notre café, on remercia le patron pour les renseignements et nous continuâmes notre bavardage dans la rue. Nous avions juste le temps de passer au magasin de plongée pour acheter nos maillots de bain avant de rejoindre Susan sur la place du village. Nos emplettes faites, on se rendît directement au lieu de rendez-vous, nous étions les premiers. Susan arriva quelques minutes plus tard chargées de son panier à provisions.

— *Tu as pu tout acheter ?*
— *Oui !*

La suite de notre discussion se prolongea à voix basse.

— *Vous avez pu trouver les dossiers que nous cherchons ?*
— *Non ! Pas encore, mais demain nous approfondirons nos recherches.*
— *Bien excellent ! Je vais accompagner Madame chez sa tante pour passer la journée et nous serons de retour en fin d'après midi. Mais je crois qu'elle veut que vous vous joigniez à nous.*
— *Mais si on va avec vous, nous ne pourrons pas poursuivre notre investigation...*
— *J'ai une idée, dit Magalie*

– Je pense avoir la même, mais nous t'écoutons.

– Pour que tout le monde soit d'accord, on peut faire semblant d'être malades.

On adopta la solution de Magalie et nous rentrâmes à l'auberge. Susan se dirigea vers la cuisine porter ses emplettes, et nous nous mîmes à la recherche du jardinier pour que Magalie puisse lui poser des questions sur les fleurs afin que je pénètre dans l'abri de jardin sans me faire voir pour récupérer une corde.

Donc Magalie partit la première à la rencontre de notre homme, elle le trouva près des rosiers qui longeaient le mur d'enceinte. Ça se trouvait à quelques mètres de la cabane.

Par chance il accepta de répondre à ses questions et j'en profitai pour me glisser dans le cabanon. Je mis un peu de temps pour trouver l'objet en question mais au bout d'un moment de recherche je trouvai une corde sous des sacs en tissu et je la mis dans le sac avec mes emplettes.

Une fois la corde en ma possession, je mis les voiles et je fis un signe à Magalie pour la prévenir que tout marchait comme prévu. Elle comprit le code et prit congé du jardinier qui aurait bien voulu continuer à discuter de sa passion. On monta dans notre chambre sans se faire voir et je planquai la corde dans ma table de nuit.

Puis on passa la fin de l'après-midi à lire sous le Palmier bleu du Mexique et on remonta juste pour nous préparer pour le repas. Une fois notre ventre bien rempli, on passa au salon pour regarder un bon film, et après deux heures de divertissement on monta se coucher. Quelques heures plus tard le soleil pointait à peine le bout de son nez qu'on frappa à la porte.

– Il faut vous lever nous partons pour voir ma tante, nous dit Madame Phips.

– Nous ne pourrons pas venir avec vous, car nous sommes malades.

Pour couper court à toute réplique Magalie fit semblant de vomir. La simulation dû porter ses fruits car Madame Phips déclara :

— Très bien, je préviendrai le médecin dès mon retour.

Nous patientâmes pendant au moins une demi-heure pour bien laisser le temps à Susan et à sa patronne de s'éloigner de la maison. La demi-heure écoulée, j'ouvris ma table de chevet pour prendre la corde, les deux lampes et le bocal, puis on se prépara pour notre excursion. Quelques instants plus tard on se retrouva devant la trappe et rien n'avait changé depuis notre dernière visite. Donc la poulie était toujours accrochée à l'anneau, il ne manquait plus que la corde que je m'empressai de mettre. Une fois tout cet équipement réuni, Magalie m'aida à ouvrir la trappe. Ce ne fut pas une mince affaire mais, au terme de longs efforts conjugués, nous arrivâmes à soulever la dalle et à la faire basculer à la renverse. Ça nous permit de révéler ainsi un profond trou noir où s'enfonçait une échelle. Je posai un pied sur le premier barreau qui grinça.

- Je suis rassuré les échelons tiennent bon.

- Tiens ! La torche, tu en auras besoin.

- Merci ! Tu peux me suivre et dis à Benji de monter la garde.

- Benji, tu restes là pour surveiller les environs et préviens nous si tu vois quelqu'un.

Mon chien émit un faible jappement, ça voulait dire : descendez sans crainte, je monte la garde.

Pendant que mon chien faisait la sentinelle, nous descendîmes jusqu'en bas, et nous nous retrouvâmes dans un tunnel creusé dans le calcaire. Il avait la largeur de nos bras grands ouverts et il était suffisamment haut pour nous permettre de rester debout sans gêne.

Magalie me rejoignit et nous nous engageâmes tous deux dans l'obscur boyau, avançant à la lumière de la torche. Le tunnel semblait s'orienter vers le nord-est pour déboucher derrière le jardin. Au bout d'une douzaine de pas, nous fîmes une curieuse découverte. Le tunnel donnait sur un espace rectangulaire de quatre mètres de long environ, sur deux mètres cinquante de large. A gauche et à droite, soigneusement disposés sur des claies de bois, des caisses et des tonneaux étaient empilés.

– J'hallucine ou c'est un trésor de contrebandiers ?
– Je ne sais pas, pour le savoir il faut regarder ça de plus près !

Nous nous rapprochâmes des caisses et nous aperçûmes l'inscription : Alabama USA ! Dans la première caisse nous trouvâmes des cigares... Ensuite on se dirigea vers les tonneaux. Par chance nous en trouvâmes un qui n'avait pas son couvercle cloué. Je m'empressai de le soulever pour découvrir en trempant mon doigt que c'était du rhum.

- Là je suis sûre que nous sommes bien en présence d'une marchandise de contrebandiers.
- Ce n'est pas dans cette salle que nous trouverons les dossiers.
- Il nous faut remonter car nous avons encore le puits à étudier.

La remontée fut de courte durée. Arrivés au niveau de la terre battue nous avons refermé la trappe. Je détachai la corde pour la raccrocher à l'anneau qui se trouvait sur un pan du mur, et je la jetai vers le fond du puits. Je me débarrassai de mon short et de mon tee-shirt. Puis je glissai le bocal dans mon maillot de bain avant d'enjamber la margelle. Je descendis dans le puits en prenant la corde à deux mains et en posant mes pieds sur la paroi.

- Bonne chance ! dit Magalie.
- J'espère que la corde sera assez longue !
- Je pense que oui ! Tire une fois sur la corde quand tu arrives en bas, ça voudra dire que tout va bien.
- Ok !
- Je vais garder la lampe braquée sur le fond, cela te guidera.
- Bien, merci !

Je commençai à descendre et en une minute je parcourus la distance qui me séparait du fond. Puis je pénétrai dans l'eau froide qui m'arrivait à la taille. Une fois dans l'eau je pris la corde et je lui donnai une secousse pour signaler que tout allait bien. Je pris une grande inspiration et je plongeai mes mains touchant le fond du puits, et à tâtons je cherchai l'entrée du tunnel, car il était difficile de distinguer quelque chose dans le noir. Comme je ne trouvais pas l'ouverture je fis surface en ouvrant les yeux pour reprendre mon souffle. La lumière de la torche n'atteignait pas le fond, à cause de l'eau qui la filtrait, et donc le reste était plongé dans l'obscurité. Je me reculai de quelques pas pour pouvoir distinguer le tunnel qui se trouvait à quarante centimètres du sol. Mes yeux commençaient à s'habituer à l'obscurité, et j'aperçus le tunnel, mais avant de le prendre j'interpellai Magalie pour lui dire :

– Magalie !
– Oui !
– Je vais emprunter le tunnel.
– Bien, mais ne tarde pas trop.
– Message reçu, tu peux éteindre la lampe.
– Bien, je rallumerai pour ta remontée.

Une fois que j'eus rassuré Magalie je replongeai en étendant les bras. Comme je ne rencontrai pas d'obstacle, je me propulsai dans le trou en poussant avec les pieds sur la paroi du puits. Je me retrouvai dans un boyau plus étroit qui débouchait presque immédiatement sur un espace plus grand où il faisait plus noir, comme si un calamar géant avait jeté son encre pour semer ses prédateurs. Le cœur battant et à bout de souffle, je remontai à la surface dans l'obscurité. A tâtons, je trouvai un pan de mur en pierre, que je m'empressai de longer jusqu'à atteindre un endroit où j'avais pieds. Je me suis alors hissé sur cette petite terrasse en pierre. Sur cette même terrasse je m'accroupis et sortis le bocal de mon maillot de bain. Puis, toujours à tâtons, je sortis le chiffon pour m'essuyer les mains, et pris ensuite la bougie et les allumettes.

L'instant d'après je craquai une allumette : la flamme chassa l'obscurité et me permit d'allumer la bougie. La lumière me montra mon nouvel environnement, j'orientai ma bougie sur la droite et je m'aperçus qu'il y avait une porte en fer qui barrait le passage. Je me trouvais devant un *dilemme : soit je remontais pour revenir plus tard soit je me creusais la tête pour essayer d'ouvrir cette grille.*

L'heure tournait et je n'avais plus beaucoup de temps, donc je décidai que la prudence allait l'emporter sur la curiosité. Ma décision était prise : je remis le chiffon dans le bocal et soufflai sur la bougie qui alla rejoindre le chiffon. Puis le bocal regagna son emplacement initial. Il ne me restait plus qu'à faire le chemin en sens inverse.

- *Qu'est-ce que tu as trouvé ?*
- *Pour cette première visite rien de passionnant, il faudra que je retourne voir cet accès en fer de plus près.*
- *Tu as raison car ils ne vont plus tarder...*
- *Il faut vite que nous retournions dans notre chambre. Il ne faut pas oublier que si nous ne sommes pas allés avec eux, c'est parce que nous avons fait semblant d'être malades...*

> – *Et que ça paraîtrait louche qu'on nous trouve à déambuler dans les couloirs, continua Magalie !*

On se carapata dans l'escalier qui nous mena directement devant la porte de la chambre et on s'y engouffra en une fraction de seconde. On était à peine rentrés que quelqu'un frappa. Je me mis à dégobiller tout ce que je pouvais, pendant ce temps Magalie alla ouvrir en prenant une mine déconfite …

A suivre…

*____*____*____*____*____*

LES CHAPITRES

*_*_*_*

REMERCIEMENTS

Je remercie ma famille qui m'a encouragé à poursuivre mon œuvre. À ma mère ainsi qu'à Nathalie et Eliane qui ont corrigé ce premier tome. A Audrey pour l'illustration de la couverture.

*_*_*_*

Loi n°49-956 du 16 juillet 1949 sur les publications
destinées à la jeunesse, modifiée par la loi n°2011-525 du
17 mai 2011.

© Jean-Benoit Turc, 2024
Édition : BoD • Books on Demand GmbH, In de Tarpen 42,
22848 Norderstedt (Allemagne)
Impression : Libri Plureos GmbH, Friedensallee 273,
22763 Hamburg (Allemagne)
ISBN : 978-2-3225-3315-2
Dépôt légal : février 2021